NOCHE DE AMOR EN RÍO
JENNIE LUCAS

HARLEQUIN™

Editado por Harlequin Ibérica.
Una división de HarperCollins Ibérica, S.A.
Núñez de Balboa, 56
28001 Madrid

© 2011 Jennie Lucas
© 2017 Harlequin Ibérica, una división de HarperCollins Ibérica, S.A.
Noche de amor en Río, n.º 2539 - 19.4.17
Título original: Reckless Night in Rio
Publicada originalmente por Mills & Boon®, Ltd., Londres.
Este título fue publicado originalmente en español en 2011

I.S.B.N.: 978-84-687-9535-5
Depósito legal: M-3387-2017
Impresión en CPI (Barcelona)
Fecha impresion para Argentina: 16.10.17
Distribuidor exclusivo para España: LOGISTA
Distribuidores para México: CODIPLYRSA y Despacho Flores
Distribuidores para Argentina: Interior, DGP, S.A. Alvarado 2118.
Cap. Fed./Buenos Aires y Gran Buenos Aires, VACCARO HNOS.

Capítulo 1

QUIÉN es el padre, Laura?
Con su hijo de seis meses en brazos, Laura Parker sonreía de orgullo y placer en la granja familiar, que tenía doscientos años de antigüedad y que estaba repleta de amigos y vecinos que habían acudido al banquete de boda de su hermana. Se colocó bien las gafas y miró con desánimo a su hermana menor.

«¿Quién es el padre?».

La gente había dejado de hacerle esa pregunta, ya que Laura se negaba a responder, por lo que comenzaba a creer que el escándalo había acabado.

–¿Lo dirás alguna vez? –el rostro de Becky reflejaba tristeza bajo el velo. A los diecinueve años, era una recién casada idealista, con sueños románticos sobre el bien y el mal–. Robby se merece un padre.

Tratando de contener la angustia, Laura besó a su hijo.

–Ya hemos hablado de eso.

–¿Quién es? –gritó su hermana–. ¿Te avergüenzas de él? ¿Por qué no me lo dices?

–¡Becky! –Laura miró inquieta a los invitados–. Ya te he dicho que... –inspiró profundamente–. No sé quién es.

Su hermana la miró con ojos llorosos.

–Mientes. Es imposible que te hayas acostado con cualquiera. Fuiste tú quien me convenció de que esperara el verdadero amor.

Quienes estaban más cerca de ellas habían dejado de fingir que charlaban y trataban de oír lo que las hermanas decían. La familia y los amigos paseaban por las habitaciones de la granja, haciendo crujir el suelo de madera, mientras que los vecinos estaban sentados en sillas plegables arrimadas a las paredes y comían de platos de cartón que sostenían en el regazo.

Laura abrazó al niño con más fuerza.

–Becky, por favor –susurró.

–Te ha abandonado. ¡Y no es justo!

–Becky –su madre apareció de repente–, creo que no conoces a la bisabuela Gertrude, que ha venido desde Inglaterra. ¿Quieres ir a saludarla? Creo que también querrá conocer a Robby –añadió mientras tomaba al niño de los brazos de Laura.

–Gracias –le susurró ésta.

Ruth Parker le contestó con una amorosa sonrisa y un guiño antes de llevarse a su hija y a su nieto. Laura los observó alejarse con el corazón lleno de amor. Ruth llevaba su mejor vestido, pero el pelo le había encanecido y el cuerpo se le había encorvado ligeramente. Y en el último año se había vuelto más frágil.

A Laura se le hizo un nudo en la garganta. Creía que se olvidaría del escándalo que había supuesto su embarazo al volver a su pueblo, al norte de New Hampshire, sin trabajo y sin respuestas. Pero ¿lograría superarlo su familia? ¿Y ella?

Tres semanas después de marcharse de Río de Janeiro descubrió que estaba embarazada. Su padre le había exigido que dijera quién era el padre. Laura temió que fuera a buscar a Gabriel Santos con un ultimátum o, peor aún, con una escopeta. Así que mintió y dijo que no lo sabía. Dijo que su estancia en Río había sido un festín sexual, cuando en realidad sólo había tenido un amante en toda su vida y durante una sola noche.

Una maravillosa noche.

«Te necesito, Laura». Seguía sintiendo la violencia del abrazo de su jefe mientras la tumbaba en el escritorio apartando papeles y tirando el ordenador al suelo. Al cabo de más de un año, seguía sintiendo el calor de su cuerpo, el roce de sus labios en el cuello y sus besos brutales en la piel. El recuerdo de cómo Gabriel Santos le había arrebatado su virginidad continuaba invadiendo sus sueños todas las noches.

Y el recuerdo de lo que había pasado después aún le dolía como un disparo en el corazón. A la mañana siguiente de seducirla, ella le dijo, entre lágrimas, que no tenía más remedio que dejar el trabajo, y él se había limitado a encogerse de hombros.

—Buena suerte –le dijo–. Espero que encuentres lo que buscas.

Eso fue todo, después de cinco años de amor y dedicación. Había amado a su jefe de forma estúpida y sin esperanza. Llevaba quince meses sin verlo, pero no lograba olvidarlo por mucho que lo intentara. ¿Cómo iba a hacerlo cuando su hijo tenía sus mismos ojos oscuros?

Las lágrimas que había vertido una hora antes en la iglesia no habían sido sólo de felicidad por Becky. Había querido a un hombre con todo su corazón sin verse correspondida. Y a veces todavía se imaginaba que oía su voz profunda dirigiéndose a ella, únicamente a ella.

«Laura».

Como en aquel momento. Recordarla era hacerla realidad. Su sonido le llegó al corazón como si él estuviera detrás de ella susurrándole al oído.

«Laura».

La sentía muy cerca.

Muy cerca.

Le temblaron las manos al dejar la copa de champán barato. La falta de sueño le producía alucinaciones. Tenía que ser eso. No podía ser...

Inspiró profundamente y se volvió.

Gabriel Santos estaba frente a ella. En medio del salón atestado, sobresalía en todo con respecto al resto de los hombres presentes. Y estaba más guapo que nunca. Pero no era sólo su mandíbula cincelada ni el caro traje italiano lo que lo hacían destacar. Tampoco la altura ni la anchura de los hombros.

Era la intensidad despiadada de sus ojos negros.

Laura sintió un escalofrío.

–Gabriel... –susurró.

–Hola, Laura.

Ella tragó saliva al tiempo que se clavaba las uñas en las palmas para despertarse de aquella pesadilla.

–No puede ser que estés aquí.

–Pues estoy, Laura.

Ella tembló al oírle decir su nombre. No le parecía adecuado que estuviera allí, en el salón de la casa familiar, rodeados de amigos que comían lo que ellos mismos habían llevado.

Gabriel Santos, de treinta y ocho años de edad, poseía un complejo internacional de industrias que compraban y enviaban acero y madera a todo el mundo. Dedicaba su vida a los negocios, los deportes de riesgo y las mujeres hermosas. Sobre todo a éstas.

Entonces, ¿qué hacía allí? A no ser que...

Vio por el rabillo del ojo que su madre desaparecía en el vestíbulo con el niño.

Cruzó los brazos para que no le temblaran las manos. Así que Gabriel estaba en la granja Greenhill. No era complicado encontrarla allí. Los Parker llevaban viviendo doscientos años en la granja. Que su jefe estuviera allí no implicaba que supiera de la existencia de Robby.

—¿No te alegras de verme?

—Claro que no —le espetó ella—. Recuerda que ya no soy tu secretaria. Así que si has hecho miles de kilómetros porque necesitas que vuelva a Río para coserte un botón o prepararte un café...

—No he venido por eso —sus ojos brillaban. Miró el salón, decorado con bombillas rosas y corazones de papel rojo en las paredes—. ¿Qué celebráis?

—Una boda.

Él se le acercó más haciendo crujir el suelo de madera. Laura pensó en lo guapo que era. Se había olvidado de su inmenso atractivo. Sus sueños no le hacían justicia. Se daba cuenta de por qué lo perseguían mujeres de todo el mundo y por qué acababan desesperadas.

—¿Y quién es la novia?

A ella le sorprendió la dureza de su voz.

—Becky, mi hermana pequeña.

—Ah —relajó los hombros de manera casi imperceptible—. ¿Becky? ¡Pero si sólo es una niña!

—Y que lo digas. ¿Creías que era yo?

Se miraron fijamente a los ojos.

—Por supuesto que creía que eras tú.

La idea de salir con otro hombre, y mucho más la de casarse con otro, hizo que Laura reprimiera una carcajada. Se alisó el vestido de dama de honor con manos temblorosas.

—Pues no.

—¿Así que no hay nadie importante en tu vida? —preguntó él en tono despreocupado.

Había alguien importante. Tenía que sacar a Gabriel de allí antes de que viera a Robby.

—No tienes derecho a preguntármelo.

—No. Pero no llevas anillo.

—Muy bien —dijo ella mientras se miraba la punta de los pies—. No estoy casada.

No tenía que preguntar si Gabriel lo estaba, porque ya sabía la respuesta. ¿Cuántas veces le había dicho que nunca tendría esposa?

«No estoy hecho para el amor, querida. Nunca tendré una mujercita que me prepare la cena en una casa cómoda mientras leo cuentos a nuestros hijos».

Gabriel se le aproximó aún más hasta casi tocarla. Ella se percató de que la gente murmuraba preguntándose quién sería aquel desconocido tan guapo y bien vestido. Sabía que tenía que decirle que se marchara, pero estaba atrapada por la fuerza de su cuerpo, tan cerca del de ella. Le miró las muñecas que sobresalían por los puños de la camisa y tembló al recordar su cuerpo sobre el de ella, la caricia de sus dedos...

—Laura...

Contra su voluntad, alzó la vista y recorrió su musculoso cuerpo, los anchos hombros y el cuello y se detuvo en su cara, de una belleza brutal. Le vio en la sien la cicatriz de un accidente infantil. Vio al hombre al que siempre desearía, al que no había dejado de desear.

Los ojos de él la quemaban por dentro y la invadió

una cascada de recuerdos. Se sintió vulnerable, casi indefensa bajo el fuego oscuro de su mirada.

–Me alegro de volver a verte –afirmó él en voz baja. Y sonrió.

La masculina belleza de su cara le cortó la respiración. Los quince meses separados habían aumentado su belleza, en tanto que ella...

Llevaba un año sin ir a un salón de belleza. Hacía siglos que no se cortaba el pelo y el único maquillaje que llevaba era un carmín rosa y poco favorecedor que se había puesto ante la insistencia de su hermana. El pelo, rubio, se lo había recogido en un moño antes de la ceremonia, pero los tirones de Robby se lo habían deshecho.

Laura se infravaloraba ya en su infancia y, desde que se había convertido en madre soltera, su autoestima era inexistente. Ducharse y hacerse una cola de caballo era lo máximo que llevaba a cabo la mayor parte de los días. Y aún no había perdido el peso ganado en el embarazo.

–¿Por qué me miras?

–Eres más guapa de lo que recordaba.

Laura se sonrojó.

–No mientas.

–Es verdad.

Sus ojos la abrasaban. La miraba, no como si pensara que era una mujer corriente, sino como si...

Como si...

Él desvió la mirada y ella expulsó el aire que había estado reteniendo.

–¿Así que estáis celebrando la boda de Becky? –miró a su alrededor con aire de desaprobación.

Laura creía que su casa era bonita, incluso román-

tica para una boda campestre. La habían limpiado y
ordenado a conciencia, pero, al seguir la mirada masculina, de pronto vio lo pobre que resultaba todo.

Se había sentido orgullosa de lo mucho que había
conseguido con un presupuesto tan bajo. Las flores
eran muy caras, así que había confeccionado corazones de papel para ponerlos en la pared y había comprado globos y serpentinas. Había decorado la casa a
medianoche mientras esperaba que la tarta se en-
friara. Para la cena, su madre había hecho su famoso
pollo asado y los amigos y vecinos llevaron ensala-
das y otros platos. Ella hizo la tarta siguiendo una re-
ceta de un antiguo libro de cocina.

Se acostó al amanecer, cansada y feliz. Pero, en
aquel momento, al ver la mirada de Gabriel, nada le
pareció bonito.

Becky se había mostrado encantada al ver la de-
coración y la tarta, y Laura pensó que no se podía haber hecho nada más cuando la familia quería una
boda bonita para Becky sin tener un céntimo que gas-
tar en ella.

Como si le hubiera leído el pensamiento, Gabriel
la miró.

–¿Necesitas dinero, Laura?

Ella sintió que le ardían las mejillas.

–No –mintió–. Estamos bien.

Él volvió a mirar a su alrededor.

–Me sorprende que tu padre no haya podido hacer
algo más por Becky, aunque ande mal de dinero.

–Mi padre murió hace cuatro meses –susurró ella.

Oyó que Gabriel tomaba aire.

–¿Qué?

–Tuvo un infarto durante la cosecha. No lo encontramos en el tractor hasta la hora de la cena, cuando no apareció.

–Lo siento, Laura –Gabriel le tomó la mano.

Sintió su pena y su compasión. Y también la calidez de su mano, que había anhelado todo el año anterior y los cinco años precedentes.

Suspiró y se soltó.

–Gracias –dijo tratando de contener las lágrimas. Creía que ya había superado el duelo, pero se le había formado un nudo en la garganta al ver a su tío acompañando a Becky al altar y a su madre sola en el banco de la iglesia y bañada en lágrimas–. Ha sido un invierno muy largo. Todo se ha venido abajo sin él. La granja es pequeña y a duras penas íbamos saliendo adelante de año en año. Como mi padre ya no está, el banco no quiere prorrogarnos el préstamo ni darnos dinero para poder plantar en primavera.

–¿Qué?

Ella alzó la barbilla.

–Todo va bien ahora –afirmó, aunque trataban de resistir una semana más hasta que llegara el siguiente préstamo. Y luego rezarían para que el año siguiente fuera mejor–. Tom, el esposo de Becky, vivirá aquí y cultivará la tierra. De esa manera mi madre podrá quedarse en su hogar y estar bien atendida.

–¿Y tú?

Laura apretó los labios. Esa noche, Robby y ella se trasladarían al dormitorio de su madre, ya que no podían compartir el de Becky ni el que sus otras hermanas, Hattie y Margaret, compartían. Su madre había dicho que estaría encantada de que su nieto durmiera en su habitación, aunque tenía el sueño ligero. No era una situación ideal.

Necesitaba un trabajo y un piso propio. Era la primogénita; tenía veintisiete años. Debería estar ayudando a su familia, y no al revés. Llevaba meses buscando trabajo, pero no había. Ni siquiera por una fracción de lo que ganaba trabajando para Gabriel.

Pero no iba a decírselo.

—Aún no me has dicho qué haces aquí. Es evidente que no sabías nada de la boda. ¿Has venido por negocios? ¿Está en venta la mina Talfax?

—No. Sigo tratando de cerrar el trato con Açoazul en Brasil. He venido porque no tenía más remedio.

—¿A qué te refieres?

—¿No lo adivinas?

Ella contuvo la respiración. Su peor pesadilla estaba a punto de hacerse realidad.

Gabriel había ido a por el niño.

Después de todas las veces que había dicho que no quería hijos, después de todo lo que había hecho para asegurarse de no tenerlos, había averiguado su secreto y estaba allí para llevarse a Robby. Y no lo haría porque lo quisiera, desde luego, sino porque lo consideraba su deber.

—Quiero que te vayas, Gabriel —susurró ella temblando.

—No puedo.

—¿Qué te ha traído aquí? ¿Un rumor o...? —se humedeció los labios con la lengua y, de pronto, fue incapaz de soportar la tensión—. Deja de jugar conmigo, por Dios, y dime lo que quieres.

Sus ojos oscuros la miraron y le atravesaron el corazón.

—A ti, Laura —dijo en voz baja—. He venido a por ti.

Capítulo 2

«HE VENIDO a por ti».

Laura lo miró con los labios entreabiertos.

Los ojos de Gabriel brillaban de deseo, exactamente como la noche en que le había arrebatado su virginidad, la noche en que había concebido a su hijo.

«He venido a por ti».

¿Cuántas veces había soñado con que él le dijera esas palabras?

Llevaba quince meses echándolo de menos, durante los cuales había dado a luz y había criado al niño sin su padre. Deseaba constantemente sentir sus brazos fuertes y protectores, sobre todo en los malos momentos, como cuando le dijo a su familia que estaba embarazada; o el día del entierro de su padre, cuando su madre y sus tres hermanas se habían abrazado a ella llorando, con la esperanza de que fuera la más fuerte; o en las interminables semanas en que había ido al banco todos los días con el niño para convencerles de que le prorrogaran el préstamo para que la granja pudiera seguir funcionando.

Pero también había habido momentos felices, y entonces había echado de menos a Gabriel aún más. Como cuando, a mitad del embarazo, mientras lavaba los platos, sintió la primera patada del bebé; o el día de agosto en que nació y ella lo abrazó mientras él bostezaba y la miraba con los mismos ojos que su padre.

Durante más de un año, Gabriel le había faltado como el agua, el sol y el aire. Lo deseaba día y noche. Echaba de menos su risa y la amistad que tenían.

¿Y estaba allí por ella?

—¿Has venido a por mí? –susurró ella–. ¿Qué significa eso?

—Lo que he dicho. Te necesito.

Ella tragó saliva.

—¿Por qué?

—Las demás mujeres no están a tu altura en ningún aspecto.

El corazón de Laura comenzó a latir desbocadamente. ¿Se había equivocado al abandonarlo quince meses antes? ¿Se había equivocado al mantener en secreto la existencia de Robby? ¿Y si los sentimientos de Gabriel hubieran cambiado y la quisiera? ¿Y si...?

Él se inclinó hacia ella con una sonrisa.

—Necesito que vengas a trabajar para mí.

El corazón de Laura se detuvo.

Por supuesto, eso era lo único que quería. Era probable que hubiera olvidado su aventura de una noche mientras que ella la recordaría siempre. Laura lo miró y vio que tenía la mandíbula tensa.

—Debo de hacerte mucha falta.

—Así es.

Ella vio por el rabillo del ojo que su madre volvía con Robby en un brazo y un trozo de tarta en la otra mano.

¿Cómo se había olvidado de que su hijo confiaba en que ella lo mantuviera a salvo?

Agarró a Gabriel de la mano y lo sacó de la habitación y de la casa, al aire helado de febrero, lejos de ojos que los espiaran.

Entre la casa y el granero había coches y camionetas aparcados, así como en la carretera situada frente a la granja.

Cerca del granero, Laura vio el agua helada del estanque, que brillaba como si fuera de plata. En él, su padre había enseñado a nadar a todas sus hijas en verano, cuando eran niñas. Ella, cuando estaba alterada, nadaba en el estanque y, al hacerlo, recordaba los brazos protectores de su padre, lo cual hacía que se sintiera mejor.

Deseó poder nadar en aquel momento.

Se dio cuenta de que Gabriel seguía agarrándola de la mano y miró los largos dedos que cubrían los suyos. De pronto, su calidez le quemó la piel.

Se soltó y lo fulminó con la mirada.

—Siento que hayas venido hasta aquí para nada. No voy a trabajar para ti.

—¿Ni siquiera quieres que te hable del trabajo? Por ejemplo, ¿del sueldo?

Laura se mordió el labio inferior mientras pensaba en que le quedaban exactamente trece dólares en la cuenta bancaria, apenas lo suficiente para comprar pañales durante una semana. Pero se las arreglaría. Y no podía correr el riesgo de que le quitaran la custodia de Robby por algo tan insignificante como el dinero.

—Ninguna cantidad me tentará —dijo con fiereza.

Él hizo una mueca.

—Sé que no siempre es fácil llevarse bien conmigo...

–¿Fácil? –le interrumpió ella–. Eres una pesadilla.

–Ésta es la diplomática señorita Parker que recuerdo –afirmó él sonriendo.

–Búscate otra secretaria.

–No te pido que seas mi secretaria.

–Has dicho...

Él la miró con los ojos brillantes y le habló con voz profunda.

–Quiero que pases una noche conmigo en Río, como mi amante.

«¿Como su amante?», pensó Laura. Se había quedado sin habla.

Gabriel continuaba mirándola con ojos inescrutables y las manos en los bolsillos.

–No estoy en venta –susurró ella–. Crees que por ser guapo y rico puedes tener lo que desees, que puedes pagarme para meterme en tu cama y que me vaya al día siguiente con un cheque.

–Una idea encantadora –su boca sensual esbozó una sonrisa desganada–. Pero no quiero pagarte por acostarme contigo.

Laura se ruborizó.

–Entonces, ¿por qué?

–Quiero que finjas que me amas.

Ella tragó saliva.

–Pero hay miles de chicas que podrían hacerlo. ¿Por qué has venido hasta aquí cuando podrías tener a veinte chicas en tu piso en un minuto? ¿Te has vuelto loco?

–Sí –contestó él con voz ronca–. Me estoy volviendo loco. Cada momento que pasa en que la empresa de mi padre está en otras manos, cada momento en que sé que he perdido el legado de mi familia por mi estupidez, me parece que estoy perdiendo el juicio. Lo he soportado casi veinte años. Y estoy muy cerca de recuperarlo.

Laura debía de haberse imaginado que tenía algo que ver con recuperar Açoazul.

–Pero ¿cómo puedo ayudarte?

Él la miró con los dientes apretados.

–Haciendo el papel de amante devota durante veinticuatro horas, hasta que cierre el trato.

–¿Cómo demonios va a ayudarte eso a que lo cierres?

–He descubierto que hay un obstáculo en la negociación. Felipe Oliveira ha descubierto que salí con su prometida.

–¿Lo hiciste? –preguntó ella, sorprendida. Luego, pensándolo mejor, añadió–: Claro que sí.

–Ahora quiere que desaparezca de Río y cree que, si no me vende la empresa, volveré a Nueva York. Tengo que hacerle entender que no me interesa su prometida.

–Eso no explica por qué me necesitas. Miles de mujeres estarían encantadas de fingir que están enamoradas de ti, y lo harían gratis. Algunas ni siquiera tendrían que fingir.

–No me valen.

–¿Por qué?

–La prometida de Oliveira es Adriana da Costa.

–Adriana da... –Laura no terminó de decir el nombre.

Seguía viendo sus ojos fríos, como los de un reptil, y su cuerpo largo y delgadísimo. Gabriel había salido con esa supermodelo brasileña durante un corto tiempo en Nueva York hacía varios años, cuando Laura era su secretaria y vivían bajo el mismo techo. Continuaba oyendo su voz.

«¿Por qué le llamas aquí? Deja de llamarle».

«Trae el whisky, estúpida. Gabriel siempre tiene sed después de hacer el amor».

Laura carraspeó.

—Adriana da Costa, la modelo.

—Sí.

—La que las revistas consideran la mujer más sexy del mundo.

—Es una narcisista y una egoísta —contestó él con dureza—. Y durante el corto tiempo que estuvimos juntos, siempre se mostró insegura. Sólo una mujer ha conseguido que se sintiera amenazada: tú.

—¿Yo? ¡Estás loco! ¡Jamás se sentiría amenazada por mí!

—Se quejaba constantemente de que respondiera a tus llamadas pero no a las suyas; de que tuviera tiempo para ti, día y noche; de que la dejara sola en la cama a las dos de la mañana para irme a casa contigo; y sobre todo, de que te dejara vivir en mi piso.

Laura se quedó boquiabierta.

—No entendía nuestra relación —prosiguió Gabriel—, ni que estuviéramos tan cerca el uno del otro sin ser amantes. Y no lo fuimos... hasta Río. Adriana ha dejado claro que quiere que vuelva con ella. Dejaría inmediatamente a Oliveira por mí, y él lo sabe. Sólo una cosa los convencería de que ella no me interesa.

Laura lo miró fijamente.

—¿Yo?

—Eres la única mujer que Adriana creería que amo.

Una avalancha de recuerdos no manifestados entre ellos invadió dolorosamente a Laura. Tenía veintiún años y era su segundo día en Nueva York cuando la oficina de empleo la envió a Empresas Santos para que la hicieran una entrevista en el departamento de contabilidad. Pero, en lugar de ello, la mandaron a que la viera el presidente.

«Perfecto», había dicho el magnate brasileño al mirar su currículum. «Y muy joven para pensar en dejar el puesto pronto para tener un hijo».

Gabriel la miró. Ella sintió el viento invernal y tuvo un escalofrío.

–Finge ser mi amante en Río. Y te pagaré cien mil dólares por esa noche.

–¡Cien mil dólares!

Estuvo a punto de decir que sí, pero recordó a su hijo. Negó con la cabeza.

–Lo siento –dijo con voz ahogada–. Búscate a otra.

Él frunció el ceño, incrédulo.

–¿Por qué? Es evidente que necesitas el dinero.

–No es asunto tuyo.

Gabriel no sabía el problema que suponía para ella que estuviera allí. No lo sabía y no le importaba. No veía que Laura había cambiado en el angustioso año que había pasado. ¿Quién sería el primer vecino que comentaría lo mucho que se parecía su hijo a su ex jefe?

Apretó los puños. Él seguía pensando que lo único que tenía que hacer era chasquear los dedos para que ella se pusiera a sus órdenes. Pero ya no era su obediente secretaria.

Suspiró y cerró los ojos. Ya era hora de olvidar todo aquello.

De olvidar la voz de Gabriel durante cinco años diciéndole: «Señorita Parker, no hay nadie tan capaz como usted».

De olvidar su alegría cuando volvía a casa a las seis de la mañana y la encontraba esperándolo con café recién hecho y un traje planchado para su reunión de primera hora de la mañana. «Señorita Parker, ¿qué haría sin usted?».

De olvidar que habían compartido la cama y que los ojos de él, cálidos y vulnerables, le habían acariciado la cara con palabras de amor no pronunciadas; de olvidar los labios de él en su piel, la sensación de él en su interior. «Laura, te necesito».

Abrió los ojos.

—Lo siento —afirmó con voz temblorosa—, pero no mereces una explicación. Mi respuesta es que no.

Él la miró perplejo.

—¿Tan mal acabamos, Laura?

Ella se clavó las uñas en las palmas de las manos para no chillar. Tenía que pensar en Robby.

—No tenías que haber venido —le ardía el cuerpo y, al mismo tiempo, estaba helada—. Quiero que te vayas ahora mismo.

Él se le acercó. La luna salió entre las nubes e iluminó su cara. Al ver las ojeras que tenía, Laura se preguntó cuándo habría dormido por última vez.

Se le partía el corazón, pero no podía permitírselo. Tragándose las lágrimas, retrocedió.

—Si no te marchas tú, lo haré yo.

Él la agarró por la muñeca.

—No dejaré que te vayas.

Durante unos segundos, ella sólo escuchó la respiración jadeante de ambos. Después se abrió una puerta y oyó el gemido de un bebé. Se dio la vuelta ahogando un grito.

Demasiado tarde.

—¿Dónde estabas, Laura? —gritó su madre, enfadada, mientras Robby se revolvía en sus brazos—. Llevo horas buscándote. ¿Qué haces aquí con este frío?

Laura se soltó y miró a su madre con desesperación.

—Lo siento, mamá. Vuelve dentro. Ahora mismo voy.

Pero su madre no la miraba.

—¿Es el señor Santos? —preguntó con voz trémula.

—Hola, señora Parker —dijo Gabriel sonriendo mientras le tendía la mano—. Enhorabuena por la boda de Becky. Debe de estar muy orgullosa de su hija.

—Lo estoy de todas. Me alegro de volver a verlo.

Laura los miró con el corazón en un puño. A su madre le caía bien Gabriel desde que les había pagado unas vacaciones en Florida, cuatro años antes, que ellos no hubieran podido permitirse. La familia había viajado en su jet privado y se habían alojado en un chalet al lado del mar. Para los padres de Laura había sido una segunda luna de miel, pero más lujosa que la primera, en un motel barato en las cataratas del Niágara. Las fotos de aquellas vacaciones en Florida seguían en las paredes, imágenes de la familia sonriente bajo las palmeras, haciendo castillos de arena o jugando con las olas. Con ese regalo, Gabriel se había ganado la eterna lealtad de su madre.

—Me alegro de que alguien haya tenido la buena idea de invitarle a la boda de Becky —dijo Ruth sonriendo.

–Le he dicho varias veces que me trate de tú –Gabriel sonrió a su vez.

–No podría. Es usted el jefe de Laura.

–Ya no. Y no me ha invitado a la boda. Me he colado para proponerle un trabajo.

Ruth estuvo a punto de llorar de alegría.

–¡Un trabajo! ¡Qué alegría! Las cosas nos van mal últimamente, y ella ha solicitado empleos ridículos, como, por ejemplo...

–¡Mamá, lleva a Robby adentro, por favor! –gritó Laura.

–Así que está buscando trabajo –dijo Gabriel.

–Sí. No tiene un céntimo –le confió Ruth–. Como todos desde que... –apartó la vista.

–Siento lo de su marido. Era un buen hombre.

–Gracias –susurró Ruth.

Se hizo un silencio y, de pronto, Gabriel miró a Robby.

–¡Qué niño tan guapo! ¿Es de su familia, señora Parker?

–Es mi nieto –contestó ella mirándolo como si fuera tonto.

–¿Está casada alguna de sus otras hijas?

–Mamá –Laura estaba aterrorizada y tenía los ojos llenos de lágrimas–. Entra en casa ahora mismo.

Pero ya era demasiado tarde.

–Es Robby, el hijo de Laura –dijo Ruth alzándolo con orgullo.

Capítulo 3

MIENTRAS su madre le daba al niño, a Laura se le cayó el alma a los pies. Los gemidos del bebé se calmaron cuando se aferró a su madre. Ruth abrazó a Laura.

–Acepta el empleo –le susurró. Después se volvió hacia Gabriel–. Espero que nos volvamos a ver pronto, señor Santos.

Laura se quedó a solas con Gabriel, con el hijo de ambos en brazos.

Gabriel miró al niño y luego a ella.

–¿Es tu hijo?

–Sí.

–¿Qué edad tiene?

–Seis meses –respondió ella con una voz casi inaudible.

–¿Quién es el padre?

Laura había deseado muchas veces poder decirle a Gabriel la verdad y dar un padre a su hijo.

–El padre es...

«Eres tú. Tú eres el padre de Robby», pensó. Pero no le salieron las palabras. Gabriel no quería sentirse atado por un hijo. Si le contaba su secreto, tal vez creyera que su deber le obligaba a pedir la custodia del niño, lo que perjudicaría a Robby. Y ella se sentiría culpable por haberle forzado a hacerlo. Tal vez tratara de llevárselo a Brasil para entregárselo a una niñera joven y sexy.

No ganaría nada con decirle la verdad y se arriesgaba a perderlo todo.

–¿Y bien? –insistió él.

–Su identidad no es asunto tuyo.

–Tuviste que quedarte embarazada inmediatamente después de marcharte de Río.

–Sí –afirmó ella de mala gana. Se estremeció al pensar si Gabriel no se daría cuenta del parecido.

Gabriel la miró con ojos acusadores.

–Eras virgen cuando te seduje. Me dijiste que querías fundar un hogar y una familia. ¿Cómo fuiste tan descuidada y te quedaste embarazada por la aventura de una noche?

Gabriel había usado protección, pero, de todas maneras, ella se había quedado embarazada.

–A veces se produce un accidente –replicó ella con un nudo en la garganta.

–No se producen accidentes, sólo errores –la corrigió él.

–Mi hijo no es un error.

–¿Quieres decir que lo planificaste? ¿Quién es el padre? ¿Un guapo granjero? ¿Alguien a quien conocías del colegio? ¿Dónde está ese dechado de virtudes? ¿Por qué no te ha pedido que te cases con él?

Robby comenzó a resoplar. Tenía frío, y Laura también. Lo abrazó.

–Te he dicho que no es asunto tuyo.

–¿Está aquí?

–No.

–Así que te ha dejado.

–No le di la oportunidad. Lo dejé yo.

–Ah, entonces no lo quieres. ¿Le causará problemas que te lleves al niño a Río?

–No.

–Muy bien.

–Me refiero a que no me lo voy a llevar a Río porque no voy a ir –el niño empezó a llorar mientras ella se daba la vuelta–. Adiós, Gabriel.

–Espera.

La emoción de su voz hizo que ella vacilara. Sabiendo que era un error, se volvió hacia él. Gabriel se le acercó y ella vio en su expresión algo que nunca había visto.

Vulnerabilidad.

–No te vayas –dijo él en voz baja–. Te necesito.

«Te necesito».

Lo había amado. Lo había servido día y noche y sólo existía para él. Tuvo que dominar ese hábito, ese deseo, con toda su fuerza de voluntad.

–¿No son suficientes cien mil dólares? –se le acercó aún más, con los ojos brillantes–. Pues que sea un millón. Un millón de dólares, Laura, por una noche.

Ella ahogó un grito.

Él le acarició la mejilla.

–Piensa en lo que significaría ese dinero para ti y para tu familia. Y lo único que tendrías que hacer es sonreír durante unas horas, beber champán, llevar un bonito vestido de noche y fingir que me quieres.

Ella lo miró con un nudo en la garganta. Fingir que lo quería...

–Aunque sé que no será fácil. Pero no puedes ser tan egoísta como para rechazarlo.

–Tal vez ahora lo sea.

–La Laura que conocí siempre anteponía las necesidades de sus seres queridos a las suyas. Sé que eso no ha cambiado. Probablemente te hayas pasado toda la noche levantada preparando la tarta para tu hermana.

Laura hizo una mueca.

–De verdad que te odio.

–Ódiame si quieres, pero si no vienes conmigo a Río esta noche... –se pasó la mano por el pelo y suspiró–. Perderé el legado de mi padre. Para siempre.

Tiritando y acunando a su hijo, Laura miró el rostro hermoso y demacrado de Gabriel. Sabía mejor que nadie lo que la compañía Açoazul significaba para él. Lo había visto durante años planear y maquinar la forma de recuperarla. Era su herencia.

Laura entendía lo que sentía porque vivía en la casa que sus antepasados habían construido con sus manos y en la tierra que llevaban dos siglos cultivando. Al mirarlo a la cara, le volvió a sorprender la vulnerabilidad que expresaba. En todos los años que habían trabajado juntos, nunca lo había visto así. Sintió que su resolución flaqueaba.

Un millón de dólares por una noche de lujo en Río. Miró a su hijo. ¿Qué podría hacer con ese dinero por él, por su familia?

Pero había un riesgo. ¿Sería capaz de no decirle a Gabriel la verdad? ¿Le mentiría durante veinticuatro horas? ¿Podría fingir que lo quería sin volver a enamorarse de él?

En el camino situado frente a la casa, un sedán negro encendió los faros y comenzó a acercarse.

Laura cerró los ojos.

–¿No volverás nunca más a buscarme después de esto? ¿Nos dejarás en paz?

–Sí –respondió él con dureza.

Laura inspiró profundamente y pronunció unas palabras que le traspasaron el corazón como un puñal.

–Una noche.

Una hora después llegaron al pequeño aeropuerto privado donde aguardaba el jet de Gabriel. Mientras cruzaban la pista, él la miró.

Era aún más hermosa de lo que recordaba. A la luz de la luna, su pelo tenía el color de la miel. El aire frío le había coloreado las mejillas. Ella se mordió el labio inferior y su roja boca resultó tentadora. Cuando la vio en la granja, había sentido el deseo de besarla.

Respiró profundamente. Estaba cansado por haber volado desde Río. Además, se sentía agotado por los largos meses de negociaciones para comprar la antigua empresa de su padre, para recuperar el negocio que le correspondía por nacimiento y que había perdido estúpidamente a los diecinueve años.

Pero no volvería a fallar. Miró su caro reloj de platino. No iban retrasados.

Al subir por la escalerilla del avión, Laura se detuvo, se cambió la sillita con su hijo de brazo y miró hacia atrás.

–Creo que deberíamos volver a por más cosas.

–¿No tienes lo que necesitarás durante el vuelo?

–Sí, pero no he metido ropa, un pijama...

–Todo lo que necesitas te estará esperando en Río.

–De acuerdo –aceptó, y lo siguió por la escalerilla.

Dentro de la cabina, Gabriel se sentó y una azafata le ofreció una copa de champán. Había sido más difícil de lo esperado convencer a Laura. Ella se sentó enfrente y lo fulminó con la mirada.

¿Estaba enfadada con él por algún motivo? Era él quien debería estarlo porque lo había dejado en la estacada un año antes. Él había accedido a que abandonara el trabajo porque era un santo, y no había podido llenar el hueco que ella había dejado en el despacho.

—Espero que tengas una buena niñera en Río —gruñó ella al tiempo que rechazaba el champán.

—Maria Silva.

—¿El ama de llaves?

—Fue mi niñera.

Contra su voluntad, a Gabriel le invadieron los recuerdos de su feliz infancia, de los juegos con su hermano, Guilherme, sólo un año mayor. Gabriel siempre competía con él por parecer el mejor ante sus padres. Había iniciado peleas estúpidas, como la que había conducido a la noche del accidente.

—Pondría mi vida en manos de Maria —concluyó con brusquedad.

Laura ya no parecía enfadada, sino que lo miraba con una expresión risueña en sus ojos de color turquesa. Iba a hacerle una pregunta cuando la azafata la distrajo indicándole que asegurara la silla del niño antes de despegar.

Gabriel vio que sonreía a su hijo y le murmuraba palabras dulces, y experimentó un extraño sentimiento.

Había ganado. La había convencido y llegarían a Río a tiempo. Su plan tendría éxito. Debería estar contento.

Sin embargo, tenía los nervios de punta.

¿Por qué? No por el dinero que le había prometido. Un millón de dólares no era nada. Habría pagado diez veces más por recuperar la compañía de su padre. Habría pagado hasta el último centavo que tenía y habría dado todas sus acciones, los contratos, la oficina de Manhattan, los barcos de Rotterdam...

No era por el dinero. Miró por la ventanilla mientras despegaba el avión. Le molestaba algo, pero no sabía el qué. ¿Era el hecho de haber mostrado a Laura lo desesperado que estaba?

No. Ella sabía lo que significaba para él la empresa de su padre. Y, además, mostrarse vulnerable lo había ayudado a conseguir su propósito.

Era otra cosa. Miró al niño.

Era el bebé lo que lo inquietaba.

Apretó los dientes al darse cuenta de lo que sentía.

Ira.

Le resultaba increíble que Laura se hubiera dado tanta prisa en acostarse con otro hombre. La había dejado marchar un año antes por una sola razón: por su propio bien. Había empezado a importarle y sabía que no podía darle lo que quería: un esposo e hijos. Cuando, a la mañana siguiente de haberla seducido, ella le dijo que dejaba el puesto y que volvía con su familia, él le había dado la oportunidad de ser feliz.

Pero en lugar de hacer realidad sus sueños, había tenido una estúpida aventura con alguien a quien no quería. Había escogido la pobreza y ser madre soltera. Había dejado que su hijo naciera sin padre y sin apellido.

Sintió que la ira crecía en su interior.

La había dejado marchar para nada.

La miró. Estaba recostada con los ojos cerrados y una mano sobre el bebé, colocado en el asiento de al lado. Incluso con aquel vestido tan poco favorecedor y aquel carmín horroroso, su belleza natural sobresalía. Y su engañosa inocencia.

Recorrió con la vista sus generosas curvas. Los senos le habían aumentado por la maternidad y se le habían ensanchado las caderas. Y se preguntó cómo sería su cuerpo bajo el vestido, cómo lo sentiría contra el suyo en la cama.

Recordó la primera vez que la había besado, cuando había tirado al suelo el ordenador portátil por su urgencia de poseerla. Hacerlo sobre el escritorio le había supuesto perder datos y miles de dólares.

No le importaba. Había merecido la pena.

La había deseado desde el momento que entró en su despacho con aire vacilante, ropa de pueblerina y unas gafas grandes y feas. Se había percatado en el acto de que era buena e inocente y que poseía la franqueza temeraria que él necesitaba en su ayudante. La había deseado, pero se había contenido durante cinco años. La necesitaba en el despacho, necesitaba su competencia para que las Empresas Santos y su propia vida funcionaran como una máquina bien engrasada. Y sabía que una mujer chapada a la antigua como Laura no se conformaría con lo que un hombre como él le ofrecería: dinero, glamour y una aventura sin emoción. Así que no se había permitido ni tocarla, ni siquiera flirtear con ella.

Hasta que...

El año anterior, mientras iba en helicóptero desde la fábrica de Açoazul al norte de la ciudad, Gabriel vio que el piloto sobrevolaba la carretera donde su familia se había matado casi veinte años antes.

Se dijo que no sentía nada. Volvió tarde al despacho y todos los demás empleados se habían marchado, salvo Laura, que archivaba papeles. Y algo había saltado en su interior. Explotaron cinco años de deseo frustrado y la agarró y, sin mediar palabra, comenzó a besarla.

Esa noche descubrió dos cosas.

La primera: la señorita Parker era virgen.

La segunda: bajo su aspecto recatado, lo había reducido a cenizas con el fuego de su pasión.

Le hizo el amor con brusquedad sobre el escritorio. La segunda vez fue más suave, después de tomar el ascensor hasta su vivienda en el ático. La besó durante horas en su enorme cama. Aquella noche había sido increíble. Más aún, había sido la mejor experiencia sexual de su vida.

Se le hizo un nudo en la garganta al mirarla. Él había prescindido de todo aquello y ella se había lanzado en los brazos de otro hombre, que la había dejado embarazada.

Cerró los puños. Tal vez fuera un hipócrita al sentirse traicionado, ya que había estado con muchas mujeres desde que ella se marchó. Pero lo único que había conseguido era comprobar que ninguna lo satisfacía como Laura.

Apartó la mirada. Recuperaría el control de Açoazul y luego mandaría de vuelta a Laura y a su hijo a New Hampshire. Había pensado en pedirle que se quedara en Río una vez cerrado el trato, pero era imposible. Por mucho que la echara de menos en el despacho y en la cama, no podía volver con ella porque tenía un hijo.

No podía permitirse creer ni por un momento que formaba parte de una familia.

–Pareces cansado –le oyó decir a Laura.

Volvió a mirarla.

–Estoy bien.

–No lo parece.

–Han cambiado muchas cosas –miró al niño. Quiso preguntarle otra vez quién era el padre y cuánto tiempo había esperado para meterse en la cama con un desconocido. ¿Una semana? ¿Un día? ¿Qué había hecho ese hombre para seducirla? ¿Le había hecho promesas?

–Gabriel...

Vio que lo miraba con ojos angustiados.

–¿Qué?

–¿Qué pasará cuando lleguemos a Río?

–Oliveira celebra una fiesta en la piscina de su mansión en la Costa do Sul. Adriana estará allí.

–¿Una fiesta en la piscina? ¿Hay que ir en bañador? –preguntó ella, nerviosa.

–Y después –prosiguió él, implacable– vendrás conmigo al baile de Carnaval.

–Espero que en los centros comerciales de Brasil vendan polvos mágicos, porque sólo así podré convencer a alguien de que puedo competir con Adriana da Costa.

–La primera persona a quien debes convencer es a ti misma. Tu falta de seguridad en ti misma no resulta atractiva. Nadie creerá que estoy enamorado de una mujer que no destaca.

Vio con satisfacción que la expresión de ella se ensombrecía.

–Me refería a que...

–Hemos hecho un trato y te voy a pagar bien. Durante las próximas veinticuatro horas serás la mujer que necesito que seas. Me perteneces.

Los ojos de ella se llenaron de ira y resentimiento. Apartó la mirada y una parte de él se alegró de haberla herido.

Un año antes le había servido de consuelo creer que Laura estaría de vuelta con su familia tratando de hacer realidad sus sueños. Pero ella lo había traicionado.

Y la odiaba por eso.

Capítulo 4

AL DESCENDER hacia Río de Janeiro, Laura miró por la ventanilla. La ciudad brillaba como una joya en el mar. Se cruzó de brazos y soltó un bufido. Aún estaba furiosa.

«Me perteneces».

Robby por fin se había quedado dormido. Miró a Gabriel y sonrió a pesar de todo.

El pobre niño se había pasado medio viaje llorando. Gabriel debía de estar rechinando los dientes por estar atrapado en su jet con un bebé. Volvió a mirar por la ventanilla.

Le había resultado difícil dejar a su madre y a sus hermanas en mitad de la recepción, pero ellas, en lugar de enfadarse, parecían contentas al despedirse. «Fuiste feliz trabajando para él», le susurró su madre, «Presiento que esto será un nuevo comienzo para Robby y para ti. Es el destino».

En cuanto había subido al avión, él la había insultado. Y en aquel momento la miraba con hostilidad, como si fuera una desconocida; no, peor que a una desconocida... Como si fuera la hez de la Tierra.

Cuando el avión aterrizó, Laura se dijo que no volvería a sentirse culpable por no revelarle a Gabriel el secreto sobre su hijo. Después de aquella noche, no volvería a sentir nada por él. Haría su trabajo, fingiría ser su amante, agarraría el cheque y se olvidaría de su existencia.

Cuando se abrió la puerta del avión, Robby se despertó con una de sus adorables sonrisas.

—Sólo estaremos aquí una noche –le dijo mientras lo besaba en la frente–. Después volveremos a casa.

–¿Ha dormido bien? –le preguntó Gabriel con ironía.

Ella le contestó con una sonrisa.

–¿Y tú?

Al bajar por la escalerilla del avión, sintió inmediatamente el calor húmedo de Río. Cegada por el sol, pensó que Brasil era lo contrario del gélido febrero del que llegaba.

Vio que en la pista había una limusina blanca y resopló. ¡Aquello no era lo contrario, sino un mundo totalmente distinto!

–*Bom dia*, señorita Parker –le dijo el chófer mientras le abría la puerta–. Me alegro de volver a verla. ¿Y esto qué es? –hizo cosquillas a Robby en la barbilla–. Tenemos un nuevo pasajero.

–*Obrigada*, Carlos –Laura sonrió–. Es mi hijo, Robby.

–¿Está el ático listo? –gruñó Gabriel detrás de ellos.

–*Sin, senhor*. Maria lo ha organizado todo.

Mientras recorrían la ciudad, atestada de turistas por la celebración del Carnaval, Laura miró los adornos festivos. Gabriel no dijo nada ni ella tampoco. El silencio pesaba como una losa mientras el coche se desplazaba lentamente entre el tráfico. Al llegar a la parte trasera del edificio donde vivía Gabriel, ella oyó música, tambores y cantos y vítores.

–No puedo avanzar más, *senhor*. La avenida está cerrada al tráfico –dijo Carlos.

Laura miró el edificio. Gabriel lo había comprado dos años antes para tener una base en Río mientras trataba de arrebatar la empresa de su padre a Felipe Oliveira. En la planta baja había tiendas y un restaurante. En las siguientes plantas estaban las oficinas sudamericanas de las Empresas Santos, cuyo cuartel general se hallaba en Nueva York. Los dos últimos pisos los ocupaban los guardaespaldas de Gabriel, el personal y Maria. Gabriel vivía en el ático, y allí había vivido ella cuando trabajó para él. Nunca pensó que volvería.

Sobre todo, no con un secreto. Con un niño.

La puerta del coche se abrió. Laura pensó que lo habría hecho Carlos, pero era Gabriel, que, de pronto, la miraba con ternura y adoración. Le brillaban los ojos de pasión y deseo.

–Por fin estás en casa, querida –murmuró al tiempo que extendía la mano–. La casa a la que perteneces. Estuve a punto de morir de dolor cuando te fuiste. Nunca he dejado de quererte, Laura.

Ella ahogó un grito.

De repente dejó de sentir el sol, de oler la brisa marina y de oír la música. Sólo percibió los latidos de su corazón.

Gabriel bajó la mano y se echó a reír.

–Estaba practicando.

Ella le lanzó una mirada fulminante.

–Un millón de dólares no es suficiente para pagar esto –murmuró.

–Demasiado tarde para negociar.

–Vete al infierno.

–¿Qué maneras son ésas de hablar delante de tu hijo?

Laura tomó en brazos al niño, que gorjeaba feliz y le tendía los brazos. Y se alegró de que hubiera alguien en Brasil que de verdad la quisiera.

Estaba cansada y se sentía sucia. Después de una noche sin dormir apenas, de haber recorrido medio mundo y, sobre todo, de la tirantez constante con Gabriel, tenía los sentimientos a flor de piel. El brillo de los ojos de Gabriel, el roce de sus manos o una palabra amable salida de su boca sensual seguían haciendo que temblase y se derritiese.

Era como un veneno. Un veneno envuelto en palabras dulces y deseo apasionado.

Apretó al niño contra sí y echó a andar con dignidad. Entró por la puerta trasera, pasó por donde estaban los guardas de seguridad y se dirigió al ascensor.

Gabriel la siguió sin decir nada. Las puertas se cerraron y ella aspiró su aroma y sintió su calor. No lo miró.

La última vez que habían estado juntos en aquel ascensor, había sido cuando subieron al ático después de haber hecho el amor en el despacho. Para ella había sido la primera vez. Él se quedó sorprendido al darse cuenta de que era virgen. La besó con ternura en aquel ascensor mientras le prometía que esa vez sería diferente, que lo haría bien y la haría llorar de alegría.

Y así fue.

El ascensor se detuvo en el momento en que Robby comenzó a revolverse en sus brazos con un gemido. Laura se dio cuenta de que miraba a Gabriel, que estaba detrás de ella, y le tendía los brazos. Gabriel no se movió ni le sonrió. Por supuesto que no. ¿Cómo iba a interesarse por su propio hijo? A pesar de que sabía que era poco razonable, ella se enfadó. Lanzó un suspiro y entró en el ático.

Había dos dormitorios, el estudio, el comedor, la cocina y el salón. Era un piso moderno, de techos altos y con amplios ventanales que daban a la terraza y a la piscina y desde donde se veía la playa de Ipanema y el Atlántico.

–Me alegro mucho de verla, *senhora* Laura –Maria Silva, el ama de llaves de Gabriel y su antigua niñera, los esperaba–. Éste debe de ser su hijo.

–¿*Senhora?* –repitió Laura, sorprendida al verse elevada a la categoría de mujer casada.

–Es usted madre y merece respeto –respondió Maria mientras tendía los brazos al niño, que se rió. Maria lo agarró.

Laura miró a su alrededor. El ático parecía el mismo, pero algo había cambiado. Se percató de que todos los enchufes y los bordes afilados estaban tapados. El comedor estaba lleno de juguetes.

Se volvió asombrada hacia Gabriel.

–Todo esto... ¿para una noche?

–No me des las gracias. Ha sido Maria.

A Laura se le cayó el alma a los pies.

–Vamos a pasárnoslo muy bien esta tarde, ¿verdad? –le dijo Maria a Robby–. Si nos necesitan, estaremos preparando la comida.

Laura fue a seguirlos, pero Gabriel la detuvo.

–No hace falta que vayas. Ve a refrescarte.

Ella frunció el ceño.

–Deja de darme órdenes. No eras así cuando trabajaba para ti.

–¿Quieres ducharte o no?

–Quiero ducharme –reconoció de mala gana.

–Tienes diez minutos –al ver que no se movía, la miró con expresión sardónica–. ¿Necesitas ayuda?

Sonrió y se marchó por el pasillo quitándose la camisa, que tiró al suelo al llegar a la puerta de su habitación. Se volvió a mirarla.

–Ve ahora mismo o iré a ayudarte.

La habitación de Laura también había cambiado. Los antiguos muebles habían desaparecido y la habían convertido en una habitación para invitados.

Pero había una cuna nueva al lado de la cama y una mesa para cambiar pañales con todo lo que Robby pudiera necesitar. En el armario había ropa nueva para ella. Gabriel había pensado en todo. Suspirando de satisfacción, acarició un vestido negro.

Después vio la talla en la etiqueta.

Consternada, se dijo que Gabriel no había pensado en todo.

Capítulo 5

DIEZ MINUTOS después, Gabriel se paseaba por la terraza. Se detuvo a mirar la playa de Ipanema. Oía la música que subía de la avenida. Trató de calmar los fuertes latidos de su corazón.

Como Laura ya estaba allí, todo se solucionaría enseguida. Oliveira y Adriana creerían que estaban enamorados. De lo contrario...

No, no podía pensar en el fracaso. No podía perder la compañía de su padre cuando por fin estaba a su alcance. Se agarró a la barandilla mientras miraba el horizonte.

Se había puesto unos pantalones cortos, una camiseta y unas chancletas. Volvió a pasear por la terraza. El sol se reflejaba en el agua de la piscina.

A los diecinueve años lo perdió todo: a sus padres, a su hermano y su hogar. Cuando tuvo la oportunidad de vender el negocio familiar, el día después del funeral, la aprovechó y se marchó a Nueva York para dejar atrás la pena.

Pero ésta lo siguió. Aunque creó una empresa internacional mucho mayor que la de su padre, el sentimiento de culpabilidad por lo que había hecho, provocar el accidente, ser el único superviviente y vender la empresa que había heredado de su padre, no lo abandonaba.

–Ya está –dijo Laura detrás de él–. He tardado diez minutos.

–Muy eficiente –afirmó él mientras se volvía a mirarla–. Deberías saber que...

No pudo seguir.

La miró mientras se quitaba la toalla del pelo mojado. Sus abundantes senos sobresalían eróticamente por el escote del vestido negro. No podía apartar la vista de sus anchas nalgas y caderas.

–¿De dónde has sacado ese vestido? –preguntó con voz ahogada.

Ella dejó de secarse el pelo.

–Estaba en el armario. ¿No era para mí?

–Sí –seguía devorando con los ojos su cuerpo lleno de curvas. Se excitó inmediatamente al recordarla en sus brazos en la noche más explosiva de su vida. La deseaba. De pronto fue incapaz de pensar en nada que no fuera poseerla–. Pero no esperaba que te quedara así –dijo con voz ronca.

Laura se ruborizó mientras se tocaba las gafas con timidez.

–He engordado un poco con el embarazo –murmuró–. No estoy tan delgada como antes.

–No –él la seguía mirando lleno de lujuria. Tratando de controlarse, agarró una silla de la mesa que había cerca de la piscina–. Maria ha preparado el desayuno. Siéntate a comer.

–¿Es una orden? –preguntó ella con el ceño fruncido.

–Sí.

Dobló la toalla, la dejó en otra mesa, en vez de tirarla al suelo como él hubiera hecho, y se sentó.

–No debería comer nada si tengo que ponerme en bikini. He tratado de ponerme a dieta, pero...

–No vuelvas a hacerlo. Estás perfecta.

Arrimó la silla de ella a la mesa y dejó las manos en el respaldo, cerca de sus hombros. Casi sentía el calor de su suave piel.

Ella lo miró volviendo la cabeza.

–No trates de ser amable.

–¿Desde cuándo soy amable?

Laura esbozó una sonrisa y sus ojos azules brillaron.

–Es verdad. ¿Así que crees que estoy...bien?

Miró su espectacular figura. Ya era hermosa antes, pero, en aquel momento, era una tortura contemplar sus perfectas formas femeninas. Aquellas caderas, aquellas nalgas, aquellos senos...

Era incluso demasiado atractiva. Quería convencer a Adriana y a Oliveira de que estaba enamorado de ella, no que todos los hombres por la calle disfrutaran del espectáculo de su cuerpo.

–Estás bien –afirmó irritado–. Pero no puedes llevar ese vestido. Adquiriremos otro cuando vayamos de compras hoy.

–Muy bien –ella echó leche y azúcar en el café y lo removió.

Él se sentó al otro lado de la mesa.

–No tienes que preocuparte por nada. Todo saldrá bien.

Ella agarró un panecillo y dio un sorbo de café. Mientras comían, Gabriel no dejó de mirarla. Habían tenido una buena relación. Eran amigos y confiaban el uno en el otro. Pero ya no sabía en qué pensaba ella.

Durante cinco años había sido la empleada perfecta. Sin vida ni intereses propios, siempre estaba dispuesta a ofrecerle su ayuda en caso de emergencia, ya fuera porque sus acciones habían bajado en la bolsa extranjera o porque tuviera que coserle el esmoquin.

Pero, en aquel momento, ella parecía distinta. Había cambiado y le pareció que no la conocía.

—¿Qué tal el desayuno? —preguntó él.

—Delicioso.

—Prueba esto —le ofreció una bandeja de bollos.

Sus dedos se rozaron, y ella retiró la mano bruscamente, como si se hubiera quemado.

—Dentro de tres horas estaremos en la fiesta de Oliveira. Nadie va a creerse que somos pareja si das un respingo cada vez que te toco.

—Tienes razón.

Él extendió la mano con la palma hacia arriba.

Ella tomó aire y puso la suya en la de él. Gabriel la sintió temblar. Lo invadió una oleada de deseo mientras se la agarraba. Se acercó a ella y la levantó de la silla.

Se quedaron uno frente al otro durante unos segundos, pero ella no lo miró a los ojos porque tenía la mirada fija en su boca.

Ella se pasó la lengua por los labios y él estuvo a punto de gemir.

—Ya he pasado la prueba —susurró ella—. Te estoy tocando sin estremecerme.

—Darme la mano no basta.

Ella tragó saliva y lo miró a los ojos.

—¿Qué más tengo que hacer?

Él la rodeó con los brazos y la atrajo hacia sí. Sintió la suavidad de su cuerpo y sus curvas al ponerle las manos en las caderas. El estrecho vestido negro le levantaba los senos aún más al abrazarla, unos senos llenos y firmes que le imploraban que los acariciara. Le acarició la mejilla y le echó la cabeza hacia atrás.

–Ahora tienes que mirarme –dijo él en voz baja– como si me quisieras. Y yo te miraré como si estuviera locamente enamorado de ti.

Ella tembló y después negó vehementemente con la cabeza.

–No va a funcionar. Nadie creerá que me has elegido a mí en vez de a ella.

–Te equivocas. Adriana es hermosa, pero eso es lo único. En cambio tú...

Laura se puso rígida entre sus brazos.

Él le tomó la cara entre las manos.

–Tú eres algo más que una cara bonita –le acarició el cuello–. Más que un cuerpo seductor –le recorrió el labio inferior con el pulgar–. Eres inteligente y demasiado buena. Te sacrificas para cuidar de los demás, incluso cuando no debieras –le puso el dedo en los labios para que no protestara–. Y tienes algo de lo que Adriana carece.

–¿El qué?

–Me tienes a mí –susurró.

Ella lo rodeó con sus brazos.

–¿Puedes hacerlo? –preguntó él–. ¿Puedes fingir que me amas? ¿Conseguir que todos crean que lo único que deseas es que te abrace así?

Ella lo miró pálida y temblorosa como una flor entre sus brazos.

–Sí –contestó ella con una voz casi inaudible.

–Demuéstramelo –Gabriel sintió que el cuerpo de ella se apretaba contra el suyo. Laura era hermosa en todos los sentidos. Sintió la presión de sus senos contra el pecho y el roce de su pelo en las manos al agarrarla por la espalda, y aspiró su perfume.

Estaba excitado. Muy excitado. Sin embargo, ella se creía inferior a Adriana da Costa, que, aunque bella, no era más que una niña superficial y malcriada.

Supo que tenía que decirle la verdad a Laura.

—Te deseo, Laura. Más que a ninguna otra mujer. Siempre te he deseado.

Ella ahogó un grito y lo miró con los ojos como platos. Después su rostro se ensombreció.

—Sigues practicando.

—No, esto no tiene nada que ver con nuestro trato. Te deseo. Me he pasado todo el año deseándote. Y ahora que estás en mis brazos, voy a poseerte. Pero, de momento, comenzaré con un beso.

E inclinó la cabeza hacia ella.

Sintió los suaves labios femeninos temblar bajo los suyos. Durante unos instantes, ella se puso tensa y trató de separarse empujándolo, pero él se limitó a abrazarla con más fuerza.

Besarla era mejor de lo que se había imaginado.

Era como estar en el cielo.

Y en el infierno.

Ella cedió con un estremecimiento y un suspiro. Él le abrió los labios despiadadamente con la lengua y se introdujo en la calidez de su boca.

La besó con más intensidad y la abrazó con más fuerza. Lentamente, ella le respondió. Dejó de empujarlo con las manos y las llevó a su cuello para inclinarlo aún más hacia ella. Cuando por fin le devolvió el beso, con un deseo equiparable al de él, Gabriel lanzó un sordo gruñido.

Se olvidó de que su relación no era real. Se olvidó por completo del trato. Sólo sintió la necesidad masculina y animal de poseerla, el deseo que llevaba mucho tiempo negándose a sí mismo, y que irrumpió en su sangre hasta llegarle al cerebro, exigiéndole que poseyera totalmente a Laura en la cama.

Capítulo 6

AQUELLO no podía estar sucediendo.
Gabriel no podía estar besándola.
Pero la parte del cerebro que impulsaba a Laura a apartarse se perdió en el fuego apasionado del abrazo. Cuando los labios de él se posaron en los suyos, dominándola y guiándola, su cuerpo se inflamó de deseo.

La invadió una oleada de placer, de un placer que sólo había experimentado una vez en su vida. Pero aquello era mejor de lo que recordaba. Le metió las manos por la camisa abierta como si le fuera la vida en ello. Sintió el calor de su cuerpo, la dureza de su musculoso pecho. Sus muslos le rozaban las piernas.

Sus labios ardientes la estremecieron. De pronto sintió los senos pesados y los pezones duros. El fuego del deseo la penetró hasta lo más profundo de su ser. La barbilla de él arañaba la suya y aspiró su olor a almizcle y especias. Las piernas dejaron de sostenerla y todo comenzó a darle vueltas.

Todo lo que había deseado y soñado el año anterior, y cinco años antes, estaba de pronto al alcance de su mano.

Las manos de él le acariciaron la espalda por encima del vestido.

–Vamos a la cama –susurró él.

«A la cama».

Ella contuvo la respiración mientras recuperaba la razón. La estaba seduciendo sin ninguna dificultad. Ella había cometido una vez el error de ceder al deseo que sentía por él, y eso había cambiado el curso de su existencia. No podía dejar que volviera a ocurrir.

Se apartó de él. Lo miró jadeante.

–¿No esperarás de verdad que me acueste contigo después de un beso de práctica?

Lo ojos de él estaban llenos de arrogancia y sus labios sensuales esbozaron una sonrisa.

–Sí, es lo que esperaba.

–Pues olvídalo.

–Haría más creíble nuestra fingida relación.

–¿Haciéndola real?

–¿Por qué no?

Laura aspiró profundamente la fragancia de especias y frutas tropicales que transportaba el aire. ¿Cuántas veces había rogado que, por un milagro, Gabriel fuera a buscarla?

«Te deseo, Laura. Más que a ninguna otra mujer. Siempre te he deseado».

Trató de apartar su propio deseo. No podía permitírselo. Alzó la barbilla.

–Gracias, pero no me interesa una aventura de una noche.

Los ojos de Gabriel brillaron como tizones.

–No es eso lo que quiero.

–¿No?

Él negó con la cabeza.

–Quiero que te quedes. Te echo de menos como secretaria. Y –añadió al ver que ella se cruzaba de brazos, furiosa– como amante.

–Ah –bajó los brazos–. ¿Y Robby?

Él apartó la mirada.

–Podéis vivir en el piso de abajo. Tu hijo no tiene por qué ser un inconveniente.

El orgullo y la ira volvieron a apoderarse de ella.

–¿Te refieres a que amablemente no tendrás en cuenta a mi hijo con tal de tenerme en Río como empleada a tu disposición las veinticuatro horas del día, siete días a la semana?

Él la miró con los ojos como platos. Y de pronto empezó a reírse.

–Te he echado de menos, Laura. Nadie se enfrenta a mí como tú. No me tienes ningún miedo. Y eso me gusta.

Ella apartó la vista. Estaba furiosa y a punto de llorar por haberse dejado seducir por sus dulces besos. Nada había cambiado. Gabriel no quería una esposa y un hijo. Y eso era lo único que ella deseaba.

–Lo siento –dijo con frialdad–, pero se han acabado los días de ser tu esclava y tu amante ocasional. No vuelvas a besarme.

–Puedo y voy a hacerlo –afirmó él atrayéndola hacia sí.

–Eres un arrogante si crees...

La besó con fuerza y brusquedad para hacerla daño y demostrarle quién mandaba. Que era suya. Y ella no pudo resistirse y lo besó a su vez.

–Te deseo, Laura –repitió él al separarse–. Y te tendré. Si no ahora mismo, pronto. Esta noche.

Ella le puso las manos en el pecho tratando de empujarlo, pero más bien pareció acariciarlo. Enfadada consigo misma, se separó de él con las mejillas encendidas.

–Eso no sucederá –dijo ella con más seguridad de la que sentía.

–Ya veremos.

–El trato no dice nada sobre sexo.

–Cierto.

–No tengo que acostarme contigo.

–Sin embargo, lo harás –afirmó él dirigiéndole una mirada sensual.

Laura apretó los puños y entró en la casa. Su hijo jugaba en el suelo de la cocina mientras Maria fregaba los platos.

Lo tomó en brazos y lo llevó al salón. Se sentó en una mecedora al lado de las ventanas que daban a la ciudad. Cuando Gabriel apareció, lo fulminó con la mirada desafiándolo a interrumpirla mientras estaba con su hijo. Gabriel se dio la vuelta y desapareció.

Laura abrazó a Robby, le dio el pecho y lo meció para que se durmiera. Y de repente tuvo ganas de llorar.

No podía consentir que Gabriel la sedujera por mucho que su cuerpo anhelara sus caricias y su corazón lo deseara.

Porque lo que su corazón deseaba era mentira. Gabriel no cambiaría. Intimar con él sólo le volvería a partir el corazón, además de arriesgarse a perder la custodia de su hijo. Si se acostaba con Gabriel, si le entregaba su cuerpo, tendría que revelarle también el secreto que llevaba atormentándola más de un año.

Miró a su hijo dormido en sus brazos. Se levantó despacio y lo llevó a su habitación, que estaba a oscuras, donde lo puso en la cuna. Lo miró mientras escuchaba su respiración regular. Una sombra apareció en el umbral.

–Es hora de irnos –dijo Gabriel.

Ella salió de la habitación y cerró la puerta.

–No me hace gracia dejar al niño solo.

–Estará perfectamente. Maria lo cuidará. De todos modos, esta noche de trabajo te permitirá darle una vida llena de comodidades.

–Tienes razón. Un millón de dólares merece la pena. Incluso aunque sea por pasar la noche contigo.

–Toda la noche –dijo él sonriendo.

–Eso no sucederá.

–Ya veremos –se dio la vuelta sin tocarla y, tras despedirse de Maria, tomaron el ascensor. Carlos estaba esperándolos con el motor del Ferrari en marcha.

–*Obrigado* –le dijo Gabriel al pasar a su lado para abrir la puerta a Laura.

Ella subió al coche. El vestido la oprimía y creyó que se le saltarían las costuras. Gabriel se sentó a su lado y el coche salió disparado.

Mientras él conducía por las calles llenas de coches y de gente, Laura se dedicó a mirar por la ventanilla. La ciudad se volvía loca durante el Carnaval. La gente cantaba al son de la música y los tambores, desfiles improvisados recorrían las calles e incluso quienes no formaban parte de las prestigiosas escuelas de samba solían llevar prendas que resplandecían con lentejuelas y que apenas cubrían sus cuerpos. Todos presentaban un aspecto más sexy y atrevido de lo habitual. Laura suspiró. Incluso ella.

–Voy a llevarte a Zeytuna antes de ir a la fiesta de Oliveira –dijo Gabriel.

Ella había oído hablar de aquella boutique cara y exclusiva, pero nunca había ido a comprar allí.

–Venden bikinis mágicos, ¿verdad? –dijo tratando de parecer graciosa.

–Sí –contestó él mirándola por el rabillo del ojo.

Laura trató de no pensar en su confrontación en bikini con Adriana da Costa y la humillación que le supondría. Así que cambió de tema.

–¿Cuál es nuestra historia?

–¿Qué historia?

–¿Cuándo nos enamoramos? Para saberlo cuando me lo pregunten.

Él reflexionó durante unos segundos.

–Tuvimos una aventura el año pasado. Dejaste el trabajo y me abandonaste cuando no quise comprometerme.

–Es creíble.

–Pero te echaba de menos. Me he pasado meses persiguiéndote con videoconferencias, flores, joyas, cartas de amor, etcétera.

–Qué bonito –dijo ella apartando la mirada.

–Me invitaste a la boda de tu hermana y caímos uno en brazos del otro. Te rendiste a mis encantos y decidiste ser mía.

–Es una fantasía digna del Día de San Valentín. ¿Y Robby?

Gabriel apretó el volante y miró hacia delante.

–Ah, sí, Robby...

–Todos saben que nunca saldrías con una mujer que tuviera un hijo.

–Sí, pero eso contribuirá a dar credibilidad a la historia. Te hace única. Te deseaba con tanta desesperación que hasta he pasado por alto que tengas a Robby.

–Muchas gracias, hombre –se cruzó de brazos y miró por la ventanilla.

–No me gusta tu sarcasmo.

–Pues a mí no me gusta que no tengas en cuenta a mi hijo como si me estuvieras haciendo un gran favor.

–Y a mí no me gusta que esté viviendo en mi casa.

–Porque no se te puede molestar –afirmó ella en tono burlón–. El gran Gabriel Santos no debe ni siquiera entrever lo que es la vida familiar en su ático de soltero.

Se hizo un silencio.

–Quieres a tu hijo –pareció más una pregunta que una afirmación.

–Por supuesto que lo quiero. ¿Qué pregunta es ésa?

Gabriel la atravesó con la mirada.

–Entonces, ¿cómo te quedaste embarazada sin darle también un padre? Siempre me has dicho que querías casarte, Laura, que deseabas un hogar y un trabajo que te permitiera criar a tus hijos. ¿Cómo has tirado todo por la borda por la aventura de una noche?

Ella tragó saliva y trató de contener las lágrimas. Sí, ¿cómo había podido hacerlo?

Él volvió a mirar hacia delante.

–Te marchaste sin avisar –afirmó él con frialdad–. Eso sí que fue una molestia.

–¿Una molestia sustituirme en el despacho... o en la cama?

Gabriel apretó los labios.

–En los dos sitios.

–Sin embargo, no trataste de disuadirme.

Se detuvieron ante un semáforo en rojo y él la miró con los ojos llenos de furia.

–Te dejé ir por tu bien, Laura, para que tuvieras la vida que querías. Pero, en vez de eso, lo has echado todo a perder. Mi sacrificio no sirvió de nada. ¿Cómo pudiste ser tan descuidada?

–¡Fue un accidente!

–Ya te he dicho que los accidentes no existen, sólo los errores.

–¡Y yo te he dicho que mi hijo no es un error!

–¿No me irás a decir que te quedaste embarazada a propósito?

Ella sintió la boca seca.

Cuando el semáforo cambió a verde, Gabriel prosiguió.

–Todo niño merece nacer en un hogar estable con dos progenitores. Me has decepcionado. Debiste tener cuidado.

–¿Como tú?

–Sí.

Laura deseó poder darse la satisfacción de quitarle esa mirada de desprecio. Se preguntó qué diría si supiera que él era el padre.

Pero sabía que sería una satisfacción muy breve. Si lo supiera, tal vez creyera que su deber era hacerse responsable de un niño al que no quería y atarse a una vida doméstica que no deseaba. Y no sólo la odiaría a ella por eso, sino también a Robby.

Tenía que guardar el secreto. Se recostó en el asiento y apretó los labios sin decir nada. «Sólo unas horas más», se dijo.

Al día siguiente, Robby y ella volverían a casa con un millón de dólares.

–Creía que la familia lo era todo para ti.

–¿Crees que no quiero un padre para Robby?

¿Crees que no quiero darle la misma clase de familia que tengo?

–Entonces, ¿por qué no lo has hecho? Has actuado mal, Laura.

Iba a responderle, cuando vio su expresión severa.

–¿Por qué estás así? ¿Por qué te importa tanto?

–No me importa.

–Claro que sí. Siempre te has comportado como si despreciaras la idea del matrimonio, del compromiso y de los hijos. Pero no es así. Te importa.

Gabriel detuvo bruscamente el Ferrari. No la miró.

–Ya hemos llegado.

Un sonriente aparcacoches vestido con una chaqueta roja le abrió la puerta del coche. Gabriel le entregó las llaves y después extendió la mano hacia ella.

–Vamos –dijo con frialdad–. No tenemos mucho tiempo.

Laura le dio la mano de mala gana y volvió a sentir la misma sacudida cuando los dedos de él la tocaron.

–¿Tienes frío?

–No.

–Te has estremecido.

Ella se soltó.

–Tengo miedo de que fracasemos. De fracasar yo.

–No lo harás.

Ella se miró las caderas, los grandes senos y la tripa. Y volvió a pensar en competir con Adriana da Costa en bikini.

–No veo que vaya a ser así.

–Confía en mí –dijo él sonriendo.

Puso la mano de ella bajo su brazo y la miró con amor. Y aunque ella se dijo que sólo estaba practicando, lo que se le estremeció entonces no fue el cuerpo, sino el corazón.

Fingir que lo amaba era muy sencillo, pero estaba jugando con fuego.

«Sólo unas horas más», volvió a decirse. Después no lo volvería a ver y su familia no tendría que preocuparse por si perdería la casa tras una mala cosecha. Estaría a salvo. Y su hijo también lo estaría.

Su hijo...

Era la primera vez que había dejado a Robby con una canguro. Se sentía rara por no estar con él. Rara y joven y libre, con Gabriel a su lado.

Era tan fácil amarlo... Incluso antes de marcharse supo que siempre recordaría su voz ronca al decirle: «Te deseo, Laura. Más que a ninguna otra mujer. Siempre te he deseado». Sentiría el calor de su cuerpo al abrazarla y besarla en la terraza. Tenía nuevos recuerdos que añadir a los de la primera vez que habían hecho el amor sobre el escritorio, cuando sus cuerpos desnudos y sudorosos se habían unido con explosiva pasión.

Gabriel la condujo hasta las altas puertas que dos porteros sostenían para que entraran.

–*Boa tarde, senhor* Santos –dijo uno de ellos sonriendo.

–Es un placer volver a verle –afirmó el segundo en inglés.

Una vez dentro, Laura miró los dos pisos, el patio central y la cúpula con vidrieras. Aunque la arquitectura era del siglo XIX, la ropa era tan moderna como la de la Quinta Avenida de Nueva York.

Un grupo de guapas dependientas se acercó apresuradamente a Gabriel ofreciéndose a atenderle.

Laura frunció el ceño.

–¿Con cuánta frecuencia vienes aquí?

–Una o dos veces al mes –respondió él ocultando una sonrisa.

–¿A comprar ropa interior para todas tus aventuras?

–A comprar trajes para el trabajo. Soy famoso por mis propinas.

Laura miró a las dependientas, que observaban a Gabriel sin disimular su alegría, arremolinadas a su alrededor.

–Estoy segura.

–Lo siento, señoritas, pero tenemos una cita –afirmó él.

–Señor Santos –dijo una voz detrás de ellos en inglés–. Bienvenido –era una mujer mayor cuyo traje de chaqueta rojo combinaba perfectamente con su pelo corto y gris–. Dígame qué desea.

–Es la señora Tavares –le dijo Gabriel a Laura. Y le apretó la mano mientras se dirigía a la otra mujer–. Y ésta es Laura Parker, la señorita de quien le he hablado.

–Desde luego –la señora Tavares se les acercó más y Gabriel retrocedió, por lo que Laura se quedó sola ante su escrutinio. Examinó un mechón de su pelo al tiempo que asentía–. Muy buen material para trabajar.

–Vístala para ir a la playa.

–¿A qué playa?

–A una fiesta en la piscina de una lujosa mansión a la que acudirán famosas bellezas y hombres ricos. Que destaque sobre todos los demás.

–¿Cuán evidente quiere que resulte su belleza?

–preguntó la señora Tavares sin dejar de mirar a Laura.

–Completamente.

–Necesitaremos la ayuda de un salón de belleza.

–Como usted diga.

La señora le quitó las gafas a Laura.

–¡Eh! –protestó ella.

–Y la de un optómetra.

–La dejo en sus manos –respondió Gabriel sonriendo.

A Laura le ardían las mejillas. La elegante mujer continuó dando vueltas a su alrededor y mirándola de arriba abajo como si fuera una casa en ruinas necesitada de una reforma completa.

–No va a funcionar –dijo Laura–. Creo que lo mejor sería que fueras a la fiesta sin mí. Iré después al baile.

–¿Van a ir a un baile de gala esta noche?

–Sí –contestó Gabriel–. Y necesita un vestido de baile y también ropa informal. Pero tiene que estar lista para la fiesta dentro de dos horas.

–¿Tan pronto?

–Lo siento.

–No será barato. Ni fácil.

–No importa lo que cueste. Lo que cuentan son los resultados. Si cumple lo que le pido, la recompensaré generosamente.

La expresión de la señora Tavares no varió, pero Laura se percató de que se había quedado inmóvil. Después miró a Gabriel y asintió respetuosa.

–Se hará como desea.

–El chófer la recogerá dentro de dos horas.

La señora Tavares dio una palmada y empezó a dar órdenes en portugués a las empleadas.

–Hasta luego –le dijo Gabriel a Laura besándola en las mejillas.

¿Iba a abandonarla a los tiburones? Laura lanzó un grito ahogado.

–¡No puedes irte!

–¿Ya me echas de menos? Te dejo en buenas manos. Carlos te llevará a la mansión de Oliveira. Por desgracia, tengo cosas que hacer, pero te estaré esperando en la fiesta.

–¿Y si te decepciono? ¿Y si el maquillaje no te gusta? ¿Y si...?

–Que te diviertas –le susurró Gabriel al oído.

Laura lo fulminó con la mirada. ¿Cómo iba a divertirse haciendo el ridículo al presentarse casi desnuda y ser comparada con Adriana da Costa?

–No va a funcionar –volvió a repetir.

–Te va a encantar –Gabriel sonrió.

–No se sentirá decepcionado, señor Santos –dijo la señora Tavares.

De repente, Laura se dio cuenta de que había veinte dependientas a su alrededor mientras se echaba a los demás clientes.

La lujosa boutique de dos pisos había cerrado para ella.

–No –susurró, temerosa de defraudar a Gabriel–. Te equivocas. Nunca seré una belleza.

–Eres tú quien se equivoca –afirmó él con el ceño fruncido y los ojos brillantes–. Hoy, el mundo entero verá lo hermosa que eres.

Capítulo 7

LA FIESTA de Oliveira ya estaba muy animada cuando Gabriel llegó.

Se habían extremado las medidas de seguridad para el evento, una de las fiestas privadas más codiciadas del Carnaval. No era para turistas ni para celebridades internacionales, sino para los cariocas bien relacionados y los magnates locales con sus esposas y amantes.

Gabriel estaba seguro de que Felipe Oliveira lo había invitado para burlarse de él en público al comunicarle que había decidido vender Açoazul a otro.

¿Y dónde estaba Laura? Gabriel maldijo entre dientes. Había llegado diez minutos tarde porque lo había retenido una llamada urgente de Londres. Necesitaba a Laura en aquel mismo momento para presentársela a Oliveira y tratar de reparar el mal que Adriana había hecho.

La mansión de Oliveira se hallaba en la zona más hermosa de la Costa do Sul, al norte de Río. La piscina daba a una playa privada. Su dueño sólo había vivido para trabajar, pero, con sesenta y cinco años, parecía haber perdido el interés por los negocios en favor de poseer y agradar a una mujer a la que doblaba en edad. Sólo por ese motivo le había ofrecido a Gabriel venderle la empresa después de veinte años.

Desde la terraza del primer piso, Gabriel miró la piscina. Inmediatamente divisó a Oliveira hablando con un magnate francés, Théo St. Raphaël, cuya presencia allí sólo podía deberse a un motivo.

Gabriel apretó los dientes. El francés llevaba un traje gris y era el único invitado que no estaba vestido para la fiesta en la piscina. Aquel canalla aristocrático era experto en robar empresas ajenas. Los dos ya se habían visto las caras, y Gabriel sabía que le encantaría robarle Açoazul, que la dividiría y la vendería en su propio beneficio.

No podía consentirlo.

¿Dónde estaba Laura?

Miró el reloj. Carlos le había enviado un SMS en el que le decía que iban de camino. Bajó las escaleras y se dirigió hacia Oliveira y su rival francés.

Oyó una voz femenina que lo llamaba por su nombre. Apretó los dientes y se volvió con el ceño fruncido.

Adriana da Costa le sonrió desde el borde de la piscina. Cinco jóvenes en bañador la rodeaban y le ofrecían comida que no probaría. Gabriel se fijó en uno de ellos que trataba de tentarla con una bandeja de queso y pan, cuando Adriana creía que hasta los cigarrillos engordaban.

Estaba tumbada en una hamaca y en la mano tenía un vaso con algo que parecía agua, pero que probablemente fuera vodka con hielo.

–¡Qué agradable sorpresa! –su mirada recorrió los pantalones cortos de Gabriel y su camisa de manga corta, que llevaba abierta–. No sabía que Felipe te hubiera invitado –sonrió con malicia–. Creo que habéis tenido un... problema.

Gabriel volvió a apretar los dientes. Ella sabía perfectamente por qué no habían podido llegar a un acuerdo. Desde que él había dado por concluida la breve y tumultuosa relación con Adriana, ésta se había propuesto llamar su atención, y lo había conseguido. Era evidente que quería que volviera con ella. En caso contrario, se vengaría.

¡Cómo la despreciaba!

Esbozó una sonrisa y se acercó sorteando a los cinco jóvenes hasta situarse a los pies de la hamaca.

–¿Sabe Oliveira que estás en tan buena compañía?

–¿De éstos? Son unos amigos.

–Estás comprometida. No debieras tener amigos de esta clase.

–Marchaos –les dijo en inglés mientras se sentaba haciendo un mohín–. Para ti es fácil decirlo. Me has obligado a buscar un compromiso que no deseaba.

–Yo nunca obligaría a nadie a casarse.

–Dejándome como lo hiciste, ¿qué esperabas que hiciera? –se inclinó hacia delante para mostrar mejor el escote–. Ningún hombre me había dejado plantada. No me devolvías las llamadas. Me fui con el primer hombre rico que me lo propuso.

–¿Y por eso tratas de destruir al acuerdo comercial al que he llegado con Oliveira?

Ella se encogió de hombros alegremente.

–Me he limitado a decirle a Felipe la verdad: que fuimos amantes.

–Le diste a entender que si me trasladaba de manera definitiva a Río, me propondría atraerte de nuevo a mi cama.

Adriana lo miró con suficiencia.

–¿Y no lo harías?

Él la observó, incapaz de soportar su vanidad. Había sido un tormento como amante, posesiva y celosa. Pero era evidente que daba por supuesto que él, como cualquier hombre, la deseaba.

Estuvo tentado de corregirla, pero, si lo hacía, ella podría hacerle mucho daño y decirle a su prometido que se le había insinuado. Apretó los puños para disimular su desagrado y se obligó a decir:

–Siempre recordaré el tiempo que pasamos juntos, pero aquello acabó. Ahora estoy comprometido con otra mujer.

–¿Comprometido? ¿Tú? –Adriana lo miró sorprendida–. Es imposible –dijo con voz débil–. Nunca sentarás la cabeza.

–Pues lo he hecho.

–¿Quién es ella? ¿La conozco?

–Laura Parker, mi antigua secretaria.

Adriana contuvo la respiración.

–Lo sabía –afirmó con los ojos brillantes–. Siempre supe que había algo entre vosotros. Cada vez que te ibas corriendo por la noche porque te llamaba, cada vez que me explicabas por qué era la única mujer que podía vivir en tu piso, cada vez que me jurabas que vuestra relación era inocente, ¡sabía que mentías!

–No mentía. Entonces sólo era mi empleada.

–¡Siempre fue más que eso!

–De acuerdo, éramos amigos. Pero nada más hasta el año pasado, cuando...

–Ahórrame los detalles –dijo ella entre dientes.

Una sombra cayó sobre ellos.

–¿Algún problema?

Gabriel se volvió y vio a Felipe Oliveira detrás de él. La camisa le cubría su gran vientre. Lo miraba con dureza. Debía de haberlo visto bajar y dirigirse a donde estaba Adriana.

«Perfecto», se dijo Gabriel con irritación.

–Ninguno –miró a Adriana, que se había cruzado de brazos y miraba hacia otro lado, enfadada–. Le decía a tu futura esposa que su amor por ti me ha llevado a comprometerme yo también. Mi secretaria y yo estamos juntos desde el año pasado y le he pedido que venga a vivir conmigo.

Se hizo un silencio hasta que Adriana gritó:

–¿Que vaya a vivir contigo?

Oliveira se acarició la papada.

–Así que has decidido comprometerte con otra mujer. Qué romántico. Y qué conveniente.

Oliveira no era tonto.

–Laura es todo lo que siempre he deseado.

Adriana lanzó una maldición.

–Sabía que esa ratita estaba enamorada de ti.

¿Enamorada? Gabriel frunció el ceño. Adriana se equivocaba. Laura no podía quererlo. Era demasiado inteligente para hacerlo. Conocía sus graves defectos y no entregaría su corazón a un hombre que no se lo mereciera y que se lo dejaría destrozado.

¿O lo haría? Recordó que había concebido un hijo con un hombre que no se casaría con ella y a quien no amaba.

Adriana siguió hablando con desdén.

–Viendo la adoración con que te miraba, sabía que era cuestión de tiempo. Pero vuestra relación no durará, porque los dos sabemos que sólo te interesa una cosa.

Consciente de que Oliveira los observaba, Gabriel la miró con frialdad.

–¿Y qué es?

–El poder, el glamour y el sex-appeal. Y tu secretaria carece de ellos. No es nadie y... –se interrumpió para escuchar.

Gabriel lo oyó también: un murmullo de voces masculinas detrás de ellos que se deslizaba por la piscina y las terrazas. Oliveira y Gabriel se volvieron lentamente.

Una mujer acababa de salir de la mansión y bajaba por las escaleras de la terraza hacia la piscina. Llevaba un bikini minúsculo, típico de Río. Las cariocas se hallaban entre las mujeres más sexys del mundo, y las que había en la fiesta, entre las más bellas de la ciudad. Una nueva belleza no hubiera tenido que causar impresión, pero había algo en aquella mujer que hizo que todos los hombres la miraran.

Incluso los jóvenes que revoloteaban en torno a Adriana alargaron el cuello para verla. Un camarero que estaba sirviendo más vodka a Adriana, lo vertió accidentalmente en su muslo, por lo que ella soltó un juramento en voz alta mientras se ponía de pie.

–¡Vete de aquí, estúpido!

Pero nadie la miró.

La hermosa invitada que acababa de llegar era menuda y llena de curvas y balanceaba las caderas al andar. El pelo, de color miel, lo llevaba suelto. Tenía la piel muy blanca y los senos más grandes y perfectos que un hombre pudiera imaginar.

Gabriel se quedó estupefacto al reconocer, mientras se acercaba a la piscina caminando con gracia, a esa mujer que había detenido la exclusiva fiesta de Oliveira.

Laura.

Laura temblaba mientras bajaba las escaleras de la terraza subida en sus tacones. Se sentía desnuda al avanzar entre aquellas personas con glamour que se volvían a mirarla con la boca abierta.

Dejó atrás a los músicos y la mesa del bufé. Llevaba la cabeza alta y las mejillas encendidas. Los hombres la miraban con los ojos como platos; las mujeres, con los ojos entrecerrados. Le tembló la mano al colocarse bien las gafas de espejo que llevaba.

Ir con aquel bikini minúsculo era casi peor que ir desnuda. Nunca se había dejado ver en público con tan poca ropa. Ni siquiera ella misma se había visto tan desnuda, ya que siempre evitaba mirarse al espejo al salir de la ducha. En aquel momento sentía el sol de Río en la piel.

O tal vez fuera el sofoco que le causaban todas aquellas miradas que la examinaban de arriba abajo deteniéndose en los senos, los glúteos y las piernas.

Tragó saliva. Miró con deseo el océano que se extendía al otro lado de la verja de la piscina y tuvo ganas de lanzarse al agua y ponerse a nadar hacia África.

Pero se obligó a seguir andando mientras buscaba a Gabriel. No podía huir porque estuviera asustada. Estaba trabajando e iba a ganarse el dinero prometido hasta el último centavo.

Pero le hubiera gustado saber lo que pensaba la gente. ¿La miraban porque les parecía bonita? ¿O porque estaba hecha un adefesio? ¿No se reirían de ella con desprecio en cuanto no pudiera oírlos?

La señora Tavares la había arrastrado a un remolino de actividad mientras gritaba órdenes en un portugués rapidísimo. Laura pronto se vio rodeada de estilistas que la peinaron y le hicieron la manicura. Un optómetra apareció para proporcionarle unas lentillas. Se probó cientos de prendas para la fiesta de la piscina, para el baile, ropa informal e incluso lencería. Las estilistas iban a oscurecerle la piel cuando la señora Tavares las detuvo.

–No, dejadla como está. Su piel blanca destacará frente a las pieles bronceadas de todos los demás.

La habían maquillado a la perfección pero de forma casi invisible y su aspecto era... bueno.

La señora Tavares había hecho que se probara muchos bikinis hasta sentirse satisfecha con el que llevaba puesto en aquel momento. Laura era incapaz de distinguirlos, pues todos le parecían tres triángulos de tela que no cubrían nada en absoluto.

–*Perfeito* –había dicho la señora–. La muestra a la perfección, señorita Parker. Es usted muy femenina, con tantas curvas. Es usted real. Destacará –y había sonreído levemente.

Era verdad que Laura siempre había tenido unos senos generosos y que, desde su llegada a Nueva York para trabajar, había tratado de disimularlos para asegurarse de que lo que atraía la atención era su capacidad profesional, no su cuerpo.

–Tiene una figura perfecta –le había dicho la señora Tavares con satisfacción mientras miraban el resultado en un espejo de cuerpo entero–. Una moderna Marilyn Monroe. La esencia de la femineidad.

Pero mientras Carlos la conducía a la mansión, Laura pensó que era lógico que la señora Tavares la felicitara. La habían contratado para que la transformara, así que tenía que decir que había quedado muy bien. Laura no se había tomado sus elogios al pie de la letra.

Pero había estado a punto de convencerla. Al salir de la boutique, se sentía segura de sí misma, casi guapa. Pero, en aquellos momentos, con tantos ojos puestos en ella, la vencía la timidez.

Y tenía miedo. ¿Y si, después de todo, le fallaba a Gabriel? ¿Y si se negaba a pagarle el millón de dólares? Todavía peor, ¿y si la miraba con ojos fríos y le decía que lo había decepcionado?

Había necesitado mucho valor para bajar del Rolls-Royce. Carlos le había sostenido la puerta abierta casi un minuto mientras ella reunía fuerzas para salir del coche y entrar en la mansión. Y ante todas aquellas miradas se sentía vulnerable.

¿Dónde estaba Gabriel?

Mientras rodeaba la piscina no se atrevió a mirar a nadie por miedo a descubrir la burla o el desprecio en los ojos ajenos. Siguió andando buscando a un hombre que sobresaliera entre los demás. ¿Se reiría de ella al verla? ¿Lamentaría haber perdido el juicio al creer que ella convencería al mundo de que era la mujer que finalmente había conquistado su corazón?

Al pensarlo, sintió un dolor en el pecho.

–*Que beleza*.

Al oír la voz ronca de Gabriel detrás de ella, se dio la vuelta. Llevaba unos pantalones cortos y una camisa abierta que dejaba ver su musculoso torso bronceado y cubierto de vello oscuro. A su lado reconoció a Felipe Oliveira. Se sintió tan aliviada al ver a Gabriel que se apresuró hacia él mientras se ponía las gafas en la cabeza.

–Gabriel, me alegro tanto de encontrarte... –y entonces vio a la mujer que estaba detrás de ellos y se echó hacia atrás conteniendo el aliento.

–Hola, señorita da Costa.

La supermodelo se cruzó de brazos mientras le lanzaba una mirada helada.

–Creo que no hace falta que nos pasemos con la educación. Llámame Adriana –dijo en el mismo tono que hubiera dicho «vete al infierno».

Laura recordó las palabras de Gabriel: «Tienes algo que Adriana no tiene. Me tienes a mí». Al mirar la expresión de irritación de Adriana, se dio cuenta de que el plan funcionaba, de que la modelo creía que era la amante de Gabriel y que por eso la odiaba.

Miró a Gabriel con una sonrisa.

–Lo siento, llego tarde.

Él la besó tiernamente en la mejilla.

–Te he esperado treinta y ocho años, querida –le susurró–. ¿Qué importan unos minutos más?

La rodeó con el brazo. Se sonrieron y comprobaron el efecto que habían causado.

Oliveira parecía escéptico. Adriana tenía el ceño fruncido.

–¿De verdad vais a vivir juntos?

Laura lo miró. ¿Que iban a vivir juntos?

–Ya está hecho –afirmó Gabriel. Miró a Laura con ojos llenos de deseo y ternura mientras le acariciaba la mejilla.

Adriana lanzó una risa forzada.

–No es nadie.

Gabriel abrazó a Laura por la cintura.

–Soy yo quien no soy nadie –dijo–. No soy nada sin ti –le lanzó una ardiente mirada que a ella le llegó al fondo del corazón.

«Está fingiendo», se dijo Laura.

–Todo este tiempo has estado delante de mí –murmuró él–. Eres la mujer de mis sueños –le levantó la barbilla y sonrió–. Lucharía contra todos por ti.

–¿Contra quién? –susurró ella.

Gabriel se echó a reír al tiempo que se daba la vuelta y señalaba a su alrededor.

Laura vio a todos los invitados susurrando mientras los miraban.

Pensó que miraban a Gabriel. Era el soltero más sexy y deseado del mundo. Pero no sólo lo miraban a él. Incluso ella, a pesar de su falta de experiencia, se dio cuenta.

Y de pronto comprendió que no la miraban porque fuese fea.

Trató de contener las lágrimas. Su transformación había hecho que creyeran que era digna de ser la amante de Gabriel y, por primera vez en su vida, se sintió hermosa.

Pero la ilusión no la habían causado unos polvos mágicos. Laura miró a Gabriel.

Había sido el deseo de sus ojos oscuros. Y el eco mágico de sus palabras.

«Todo este tiempo has estado delante de mí. Eres la mujer de mis sueños».

Dejó de importarle Adriana y todos los que la rodeaban.

Gabriel y ella estaban solos en el mundo. Se miraron a los ojos y él comenzó a inclinar la cabeza con desesperante lentitud. Se dio cuenta de que la iba a besar y el corazón comenzó a latirle desbocadamente.

–Si no he entendido mal –dijo Oliveira–, ¿esta mujer, tu supuesta amante, fue tu empleada?

Gabriel se enderezó y lo miró. Laura pudo volver a respirar y apoyó la mejilla en su pecho, todavía mareada por lo cerca que había estado de que la besara.

–¿Su empleada? –repitió Adriana con desdén–. Era su secretaria.

Gabriel la miró con frialdad antes de volver a dirigirse a su rival.

–Laura fue mi secretaria durante cinco años. Pero ahora es mucho más –la miró, acurrucada en sus brazos y le acarició la mejilla–. Es la mujer que me ha domado.

Capítulo 8

ESTÁ fingiendo! ¡Está fingiendo!».Pero aunque Laura no dejaba de repetirse esas palabras, al mirar a Gabriel a los ojos, su corazón no las creía.

–Es verdad que es muy hermosa –dijo Oliveira recorriendo a Laura con la mirada–. Pero todo esto me parece demasiado conveniente. Te has inventado esta relación para que te venda Açoazul.

Convencida de que el plan había fallado casi antes de comenzar, Laura se apartó de Gabriel. Pero él la sujetó con sus fuertes brazos, aunque sin apartar la mirada de Oliveira.

–¿Por qué iba a hacerlo?

Oliveira miró a Adriana y después a Gabriel.

–Ya sabes por qué.

–Sería una estupidez que no me vendieras Açoazul. Ningún otro de mis competidores te ha ofrecido lo que yo. Théo St. Raphaël no lo hará, desde luego. No pierdas una fortuna por un temor infundado.

–No tengo miedo. Y no es infundado.

–No me interesa ninguna otra mujer que no sea Laura –dijo Gabriel besándola en el cuello.

Ella se volvió a apoyar en su pecho y cerró los ojos. Sus labios y sus dientes mordisqueándola le quemaban la piel. Al abrir los ojos vio que Adriana y Oliveira los miraban asombrados. Al mirar a Gabriel, se produjo entre ambos una energía sexual que hizo restallar el aire.

–Vamos, querida –le dijo Gabriel en voz baja–. Hace calor y necesito refrescarme.

La tomó de la mano y la condujo a la puerta de acceso a la playa privada, protegida por guardas. Laura miró hacia atrás. Todavía podían verlos desde la mansión y las terrazas.

–Lo has conseguido –dijo Gabriel.

–¿Tú crees? No parece que Oliveira se lo haya creído.

–Claro que sospecha, no es estúpido. Pero pronto estará convencido de nuestro amor.

–¿Cómo?

Él le apartó un mechón de pelo de la cara.

–Y pensar todo el tiempo que tuve a esta belleza trabajando para mí –susurró. Después soltó una carcajada–. Me alegro de que no tuvieras este aspecto cuando eras mi secretaria. No habría podido trabajar.

–¿En serio?

–Ya era difícil tal como estabas entonces. Siempre has sido muy guapa. Te deseé desde que te conocí, desde que entraste en el despacho con aquel viejo traje de chaqueta marrón y tus grandes gafas.

¿Se acordaba de lo que llevaba puesto cuando se conocieron?

–No hace falta que me digas esas cosas –observó ella–. Nadie nos oye.

–Por eso te las digo. Vamos.

Se quitó las zapatillas y la camisa y tiró de ella hacia el agua. Laura se quitó los zapatos y lo siguió, dispuesta a ir con él hasta el fondo del mar si la llevaba de la mano.

Se metieron en el agua. Ella observó con deseo su fuerte espalda y sus musculosas piernas. Siguieron avanzando hasta que el agua les llegó a los muslos.

Él miró hacia atrás.

—Todavía nos miran —sonrió—. Contigo, esto es muy sencillo. Cualquier hombre te desearía. La mitad de los que hay en la fiesta ya estarán enamorados de ti.

Laura tragó saliva y quiso decirle que no le importaba, que él era el único a quien deseaba, el único al que había deseado en toda su vida. Quería con todo su corazón a ese hombre que hacía que se derritiera, que le susurraba palabras de adoración, que hacía que su cuerpo ardiese aunque no estuvieran al sol.

—Y has demostrado ser la buena actriz que esperaba. Tu forma de estremecerte y apoyarte en mí cuando te he besado en el cuello, como si estuvieras loca por mí... Se lo han creído.

Pero ella no había fingido. Se miraron mientras las olas les golpeaban los muslos.

Él se le acercó más.

—A veces me miras como... Me recuerda algo que me ha dicho Adriana, que tú de verdad...

—¿De verdad, qué?

Él se echó atrás y volvió a ponerse la máscara burlona.

—Creo que necesito refrescarme —dijo riéndose y se tiró al agua de espaldas.

Cuando salió a la superficie, lo hizo como un dios lanzando gotitas brillantes al echarse el pelo hacia atrás. Ella no podía dejar de mirarlo. Quería que la besara. Quería que le hiciera el amor y que no parara nunca. Y sobre todo, quería que la amara.

Él fue hacia ella. La tomó en sus brazos y ella sintió los músculos de su pecho contra la piel.

—Sé lo que estás pensando. Sé lo que necesitas.

Laura sintió la boca seca.

—¿Ah, sí?

Sin previo aviso, la levantó y la abrazó y volvió a tirarse al agua.

Ella contuvo la respiración al sentir el agua en la cabeza y el cuerpo.

Al salir a la superficie, ella farfulló indignada mientras le golpeaba el pecho:

—¿Cómo me has hecho eso?

—¿Por qué? ¿No te has refrescado?

—No se trata de eso.

—Ha estado bien, reconócelo.

—Ha estado genial —murmuró ella—. Pero te has gastado una fortuna para que estuviera guapa y lo acabas de estropear. Han tardado horas en peinarme y...

—No he estropeado nada —dijo. Y la abrazó con más fuerza.

Se habían adentrado en el agua. Laura comprobó que ya le llegaba por la cintura. Se sonrojó al darse cuenta de que el bikini, hecho de ganchillo, se transparentaba al mojarse.

—Esta fiesta se ha acabado —gruñó Gabriel—. Voy a llevarte a casa.

Laura se puso tensa al ver que la devoraba con la mirada.

Mientras volvían a la orilla sin romper el abrazo, ella sintió que la piel de ambos ardía bajo el sol.

Contra su voluntad, le miró la boca; los labios sensuales y crueles que la habían besado con pasión. Él la miró y se detuvo durante unos segundos para contemplarla.

La soltó y ella se deslizó hacia abajo por su cuerpo y se dio cuenta de cuánto la deseaba, sintió su excitación bajo el agua. Los ojos de Gabriel brillaban como el fuego.

Él la tomó de la barbilla e inclinó la cabeza hacia ella.

Mientras la besaba, ella sintió la presión de sus labios suaves como la seda y el sabor seductor de su lengua. Se rindió a su abrazo flotando entre las olas. Ahogándose en él.

Mientras la besaba, Gabriel sintió la calidez de su piel desnuda en el agua y el fuego de su boca. De pronto sintió la necesidad de poseerla en aquel mismo momento.

Oyó silbidos y gritos en portugués y se percató de que se había olvidado de la fiesta, de Oliveira y de Adriana. En ese instante, le tenían sin cuidado.

Siguió besando a Laura aunque ella trató de apartarse. Se resistió, pero acabó por entregarse. Después, lanzando un grito entrecortado, se separó de él.

Las olas empujaron sus cuerpos el uno contra el otro mientras se miraban. A ella le brillaban los ojos. ¿Eran lágrimas? Gabriel frunció el ceño.

–¿Estás llorando?

–¡Claro que no! –contestó ella mientras se frotaba los ojos.

Él la tomó de la barbilla y la obligó a levantar la cabeza.

—Mientes muy mal.

Ella miró hacia otro lado.

—¿No suelen llorar las mujeres cuando las besas? —preguntó ella en tono ligero, incluso sarcástico.

A él le pareció estar en un extraño sueño. Aquella hermosa mujer era Laura y, sin embargo, no lo era.

—Suelen llorar cuando me marcho.

—Si son empleadas tuyas, seguro que será de alegría.

Gabriel esbozó una sonrisa contra su voluntad. Era capaz de hacerle reír incluso en aquel momento, cuando lo único en que estaba pensando era en llevarla a casa, arrancarle el bikini y tumbarla en la cama. Lo único que quería era estar a solas con ella, sentir cómo lo acariciaba y volverla a besar con ardiente pasión.

La poseería esa noche.

«Sabía que esa ratita estaba enamorada de ti».

Irritado, apartó de su mente las palabras de Adriana. Laura no lo amaba. Era imposible. Era demasiado inteligente para hacerlo. No era amor lo que había entre ellos, sino sexo, sólo sexo. Se estremeció. Y lo tendrían lo antes posible.

—Voy a llevarte a casa —dijo él—. A la cama.

La expresión de Laura cambió. Cuando lo miró, le pareció juvenil y vulnerable. Su hermoso rostro parecía ocultar nuevos secretos.

—No, por favor —susurró—. No soy como tú. Para mí, hacer el amor significa mucho.

Gabriel no se compadeció de ella. Laura lo deseaba como él a ella. ¿Por qué iban a contenerse? ¿Por qué no iban a darse placer? Laura tenía que ser suya, como siempre lo había sido. Había sido un error haberla dejado marchar generosamente el año anterior.

Y había tenido el hijo de otro hombre. Pensar que otro hombre la había tocado lo puso furioso. Quería borrarle de la piel el recuerdo del otro, el recuerdo de cualquiera que la hubiera tocado.

Controlándose, la tomó de la mano. Ella lo miró con los labios entreabiertos. La mirada de él se detuvo en su boca, pero besarla no le bastaría. Salieron del agua.

Él se puso los zapatos y agarró la camisa.

–¿Dónde vamos?

–A casa, para que Adriana crea que no hemos tenido más remedio que marcharnos.

–¿Por una emergencia?

–Ya te lo he dicho. A la cama –contestó dirigiéndole una mirada sensual.

Ella se estremeció bajo el sol. Se agachó a recoger los zapatos de tacón.

–Pero sólo es un juego –susurró ella como si hablara para sí–. No es real.

Gabriel ya no estaba seguro. Ella había ido a Río como su supuesta amante. Pero en aquel momento quería que fuera verdad. ¿Dónde acababa la fantasía y empezaba la realidad?

Mientras entraban y cruzaban la terraza, oyó el murmullo de la gente. No se molestó en mirar a Adriana y Oliveira al pasar a su lado. Estaba furioso porque todos los hombres miraban a Laura, que estaba preciosa con el pelo mojado y las gotas de agua que le brillaban en la piel como si fueran diamantes. Gabriel se estremeció al darse cuenta de que el bikini se le transparentaba al estar mojado, algo que le había gustado cuando estaban solos, pero en aquel momento...

Enseñó los dientes a los demás hombres mientras conducía a Laura por la terraza como si fuera un depredador protegiendo a su hembra. Subió los escalones de dos en dos y entró en la mansión desprendiendo agua y mojando el suelo de mármol. Mientras se dirigían a la puerta agarró la mano de Laura con fuerza. Encajaba perfectamente en la suya.

Un criado le ofreció dos toallas.

—Dígale a mi chófer que estamos listos para marcharnos.

El hombre se apresuró a hacerlo. Salieron a esperar afuera, lejos de los curiosos. Él se arrodilló frente a ella y le secó las piernas, los brazos y los senos. Se puso de pie y se dio cuenta de que estaba jadeando.

Vio que ella temblaba y tragaba saliva.

—Gabriel, por favor... —susurró con voz ronca.

El Rolls-Royce se detuvo frente a la mansión y Carlos se apresuró a abrirles la puerta. Parecía consternado por lo pronto que se marchaba su jefe. Gabriel pensó que probablemente habría estado jugando a las cartas con los criados, pero, en aquel momento, le traía sin cuidado el placer ajeno. Sólo buscaba el suyo.

—Sube al coche —ordenó a Laura. La voz le salió muy civilizada teniendo en cuenta el animal rugiente que latía en su interior. Como ella no le obedeció, la agarró del brazo y la empujó para que subiera.

Cuando el chófer cerró la puerta, Laura se soltó de un tirón.

—¡No hace falta que seas maleducado!

—¿Maleducado?

–Sí, maleducado.

Él se dio cuenta de que estaba dolida y enfadada y pensó que estaba siendo cruel. Pero ella no sabía que era lo único que podía hacer para no tumbarla en el asiento del coche y arrancarle el bikini, que lo único que quería era probar el sabor de sus deliciosos senos. Apretó los puños mientras se estremecía ante las imágenes sensuales que lo invadían. La deseaba en aquel momento y no le importaba quién pudiera verlos.

Cuando Carlos arrancó, Gabriel la soltó. Podía esperar hasta llegar a su casa. Podía esperar...

Se repitió aquellas palabras una y otra vez mientras el coche atravesaba la ciudad. Le dolía el cuerpo del esfuerzo que hacía para no tomarla en sus brazos. El coche iba despacio porque las calles estaban llenas de gente y la policía desviaba el tráfico de los lugares reservados al desfile nocturno. Parecía que no iban a llegar nunca.

Miró a Laura de reojo. El aire acondicionado no le servía de nada porque, cada vez que la miraba, le subía la temperatura, sobre todo al ver el efecto que el aire frío tenía en sus pezones.

A Laura le seguía cayendo agua del pelo, que se deslizaba lentamente hasta detenerse en el valle formado por sus senos. Él quería seguir las gotas con el dedo y lamerlas. Quería tener a Laura desnuda en la cama, su cuerpo sobre el de ella y penetrarla profundamente, profundamente...

Como si hubiera presentido que la miraba, ella se volvió. A juzgar por su expresión, no había tenido las mismas imágenes sensuales que él. Parecía estar a punto de clavarle un puñal.

Pero cuando se miraron a los ojos, la expresión de ella cambió lentamente. Desapareció la hostilidad y apareció la perplejidad y casi el miedo. Temblando, se tapó con la toalla y miró por la ventanilla.

Gabriel sonrió.

Ella lo sabía.

Sabía lo que les esperaba al llegar a su casa.

Los recuerdos de la noche que pasaron juntos le habían causado sueños eróticos. Ya que por fin ella estaba en Río, no iba a dejarla escapar hasta que estuviera plenamente satisfecho. Se había acabado el no ser egoísta con respecto a Laura.

El coche se detuvo detrás del edificio de Gabriel, pero ella no esperó a que Carlos le abriera la puerta. Lo hizo ella misma y salió disparada hacia la entrada.

Llevaba ventaja.

Gabriel lanzó un gruñido mientras salía corriendo detrás de ella. Al bajar del coche, otro estuvo a punto de atropellarlo. El conductor le pitó, pero Gabriel no se detuvo. Entró en el vestíbulo sin hacer caso de los saludos de los guardas y se apresuró hacia el ascensor, que se cerró justamente cuando llegó. Laura y él se miraron a los ojos durante un instante, y él se dio cuenta de que sonreía.

Gabriel soltó una maldición. Apretó el botón del ascensor con impaciencia muchas veces y se lanzó adentro en cuanto las puertas se abrieron. Al llegar al ático, oyó la voz de Laura.

−¿Así que Robby ha pasado un buen día?

−Sí, señora Laura −respondió Maria−. Ha comido bien, ha jugado y ahora está durmiendo.

Con la respiración entrecortada, Gabriel vio que se hallaban en la terraza. Maria estaba sentada en una hamaca haciendo punto y el monitor para controlar al bebé estaba encima de la mesa.

–¿Me ha echado de menos? ¿Ha llorado porque no estaba?

–No, señora Laura. Lo ha pasado bien, pero estará muy contento de ver a su mamá. Se despertará enseguida. ¿Por qué no lo lleva a dar un paseo?

–Eso haré. Gracias, Maria.

Laura abrió las puertas correderas de la terraza y entró. Gabriel se ocultó en una esquina. Ella, cubriéndose aún con la toalla, se dirigió a su habitación.

Él saltó como un jaguar y la empujó a su habitación, cuya puerta estaba abierta, sujetándola contra la pared. La toalla se le cayó de las manos mientras él cerraba la puerta dando un portazo. La agarró por las muñecas.

Sin decir una palabra y sin pedirle permiso, comenzó a besarla.

Sintió el calor de su piel mientras la aplastaba contra la pared con el pecho desnudo. Le soltó las muñecas y le agarró la cabeza mientras la besaba como un salvaje, con tanta fuerza que le haría daño, buscando despiadadamente su propio placer.

Capítulo 9

LAURA sofocó un grito y le dio una bofetada.

–¿Cómo te atreves?

La bofetada resonó en la habitación. Él la miró con incredulidad llevándose la mano a la mejilla.

–¿Por qué finges que no es esto lo que deseas?

Laura contuvo la respiración. Se sentía abrumada por una necesidad que no podía permitirse satisfacer.

–Aunque te desee, Gabriel, sabes que no eres bueno para mí. El año pasado casi me mataste cuando me echaste de tu vida después de la noche que pasamos juntos.

–¿Que te eché de mi vida? ¡Fuiste tú la que se fue!

–No trataste de convencerme de que no lo hiciera. ¡Ni siquiera me pediste que me quedara!

–Intentaba hacer lo que fuera mejor para ti. Sabía que querías un esposo e hijos, y necesitabas un jefe que no te exigiera que te dedicaras a trabajar en cuerpo y alma. Necesitabas a un hombre que te amara como yo no puedo amarte. Así que te dejé marchar, a pesar de que era lo último que deseaba. ¿Y qué hiciste? –la fulminó con la mirada–. Quedarte embarazada de un canalla que ni siquiera se molesta en pasarte una pensión para la manutención de su hijo y que no lo ve.

Las lágrimas se deslizaron por las mejillas de Laura mientras negaba con la cabeza.

–¿Por qué sigues torturándome con mi embarazo?

–¡Porque implica que me sacrifiqué para nada!

–¿Que te sacrificaste? –gritó ella.

Él la agarró por los hombros.

–¿Sabes cómo te he deseado durante todo este tiempo? ¿Sabes cómo he soñado contigo? ¡En el despacho! ¡En la cama! ¡Si hubiera sabido que te conformabas con tan poco, jamás te habría dejado marchar!

Se miraron jadeantes en la habitación en penumbra. El deseo no satisfecho brillaba con furia en los ojos de él.

–Laura... –susurró.

Ella se sobresaltó al oír llorar a Robby al otro lado de la pared. Los gritos debían de haberlo despertado.

–Ya no soy aquella secretaria virgen, libre para cometer estupideces –murmuró–. Ahora soy madre y mi hijo es lo primero –se apartó de él y lo miró antes de salir–. Me entregué a la pasión una vez y estuvo a punto de costarme la vida.

Fue a su habitación y cerró la puerta con llave. Luego tomó al niño en brazos y lo acunó. Su llanto cesó de inmediato.

Oyó que llamaban suavemente a la puerta.

–Laura –dijo Gabriel en voz baja.

–Vete.

–Quiero hablar contigo.

–No.

Se hizo el silencio al otro lado de la puerta y ella creyó que se había ido. Se sentó en la mecedora, pero Robby comenzó a quejarse y a retorcerse. Estaba claro que la siesta se había acabado y que quería jugar.

Lo sentó en la alfombra y miró en las bolsas que la señora Tavares le había enviado. Eligió unos vaqueros oscuros y una camiseta sin mangas blanca. Se puso ropa interior nueva y, cuando acabó de vestirse, agarró a Robby y abrió la puerta sin hacer ruido. Echó un vistazo al vestíbulo conteniendo la respiración.

Gabriel estaba apoyado en la pared esperándola. Se había puesto unos vaqueros y una camiseta negros.

–¿Pensabas escabullirte?

Ella inspiró profundamente y alzó la cabeza desafiante.

–Voy a llevar a mi hijo a dar un paseo.

–Tienes que prepararte para el baile de gala.

–Tendrá que esperar.

–Muy bien, voy contigo.

–¿Que vienes conmigo? –repitió ella con incredulidad.

Él se acercó y le quitó a Robby de los brazos.

–¡Eh! –gritó ella.

Gabriel miró al bebé, que lo contemplaba petrificado. La sombra de una sonrisa se dibujó en los labios de Gabriel. Abrió un armario y sacó un cochecito de bebé plegado, de una marca cara que Laura no hubiera comprado. Sosteniendo al niño con un brazo, Gabriel abrió el cochecito con facilidad.

Ella lo miró boquiabierta.

–¿Cómo sabes hacerlo?

Él se encogió de hombros.

–¿Has estado en contacto con un bebé antes?

–Hoy la calle es una locura. Sois mis invitados y debo protegeros.

–¿Protegernos del festival en la playa de Ipanema? ¡Sólo vamos a dar un paseo!

–Qué coincidencia. Yo también.

–Eres ridículo.

Gabriel puso a Robby en el cochecito, le abrochó el cinturón y, sin decir palabra, pulsó el botón del ascensor. Las puertas se abrieron y entró con el cochecito. La miró.

Ella entró en el ascensor.

–¿Por qué lo haces? –masculló ella.

–Por razones egoístas, sin duda. Todo lo que hago es por eso, ¿verdad?

–Sí. ¿Por qué? ¿Hay alguna posibilidad de que Adriana y Oliveira nos vean?

–Siempre la hay.

Las puertas se abrieron y ella agarró el cochecito y lo empujó por el vestíbulo. Gabriel le abrió la puerta y salieron a la calle.

En la avenida aún había más gente que antes celebrando el Carnaval. La música sonaba a todo volumen y la gente cantaba y bailaba con sus amigos. Algunos llevaban atuendos muy provocativos y bebían caipiriñas, el famoso cóctel brasileño.

Laura y Gabriel caminaron por la playa hasta encontrar un hueco para sentarse. Las familias se bañaban con sus hijos y grupos de jóvenes bebían bajo el sol esperando que empezara la fiesta nocturna.

Laura sacó a Robby del cochecito y, al mirar a su alrededor, no vio a Gabriel. Sentó al niño en su regazo y éste estiró el brazo para tomar un puñado de arena. Ella vio a Gabriel hablando con un hombre y, al cabo de unos instantes, volvió con un cubo y una pala.

–Pensé que a Robby le gustaría jugar.

–Gracias –dijo ella, sorprendida ante aquel detalle.

Él sonrió y su cara adoptó una expresión infantil al darle el cubo y la pala al niño. Se tendió al lado de ellos y enseñó a Robby a cavar en la arena.

Laura lo miró asombrada.

Primero había sabido qué hacer con el cochecito; después había pensado en comprarle los juguetes a Robby. Sin embargo, afirmaba que no le gustaban los niños. Entonces, ¿por qué se comportaba así?

Robby respondió a las enseñanzas paternas tratando de morder la pala y de comerse la arena. Gabriel se echó a reír y, con paciencia infinita, volvió a enseñarle cómo cavar. Pronto se puso al niño en el regazo. Robby se dedicó a echar arena a los dos y a reírse a carcajadas. Gabriel lo acompañó, y para Laura fue el sonido de la alegría. Miró la hermosa cara de Gabriel, que sonreía al niño que no sabía que era suyo.

¿Cómo no se daba cuenta de que Robby era su hijo?

Sus ojos se encontraron y, bruscamente, los de él se volvieron fríos. Le devolvió al niño.

Laura pensó que no era demasiado tarde para decirle la verdad, que se la podía confesar en aquel mismo momento.

«Por cierto, Gabriel, no he tenido otro amante. A pesar de que usaste protección, eres el padre de Robby».

¿Cómo se lo tomaría?

No se pondría contento. Le había dicho miles de veces y de todas las maneras posibles que no quería esposa ni hijos. Incluso aquel día, cuando le había pedido que fuera su amante «de verdad», había dicho que estaba dispuesto a pasar por alto a Robby, que lo dejaría vivir en el piso de abajo para no tener que soportar su presencia.

Y lo que era aún peor: si había algo que Gabriel soportaba menos que la idea de tener una familia, era que le mintieran. Si descubría que Laura llevaba más de un año mintiéndole, no se lo perdonaría. Se haría responsable del niño y trataría de obtener su custodia. Pero no lo querría. Y a ella la odiaría.

«Mañana», se repitió con desesperación. Al día siguiente, Robby y ella volverían sanos y salvos a la granja y no tendría que volver a ver a Gabriel en la vida.

Pero esa certeza comenzaba a vacilar. Cada momento que pasaba con Gabriel, que lo veía con su hijo, deseaba poder creer que el sueño se haría realidad y que él los querría a ella y a Robby.

Estuvo a punto de decirle la verdad, pero pudo más la parte racional de su cerebro. Decirle la verdad sólo acarrearía consecuencias negativas. Y el futuro de su hijo dejaría de estar en sus manos.

Gabriel miró el reloj. El sol había comenzado a bajar.

—Tenemos que irnos. Te espera el peluquero.

—¿El peluquero?

Gabriel se puso de pie.

—Para el baile de gala.

Le tendió la mano y ella dudó. La breve felicidad de sentirse una familia había terminado.

—De acuerdo.

Le dio la mano para que la ayudara a levantarse y puso a Robby, lleno de arena y soñoliento, en el cochecito. Se encaminaron hacia la casa de Gabriel. En la avenida había tanta gente, que éste tuvo que ir abriendo camino para que pudiera pasar el cochecito.

–Estoy deseando ver el vestido que llevarás esta noche. Y verte sin él –sonrió.

Estaba tan seguro de sí mismo que la ponía furiosa. Pero cuando la miró a los ojos, Laura tropezó. Él agarró el cochecito y la tomó del brazo. Después la besó.

–Nada impedirá que seas mía –le susurró al oído–. Esta noche.

Ella sintió como si miles de avispas le clavaran el aguijón en todo el cuerpo. Agarró con más fuerza el cochecito y se dirigió hacia el edificio tan rápidamente como pudo mientras se decía que el hombre sexy, tierno y fuerte que acababa de ver en la playa jugando con su hijo había sido un espejismo. No debía engañarse. Gabriel siempre era encantador cuando deseaba algo. Y en aquel momento la deseaba a ella.

Siempre conseguía lo que quería sin importarle los medios necesarios, tanto en los negocios como en sus conquistas románticas. Pero cuando lo hubiera conseguido, cuando la hubiera poseído, no querría saber nada más de ella ni estaría dispuesto a tolerar que tuviera un hijo. La echaría y la sustituiría por otra.

Cuando él la alcanzó, le preguntó:

–¿Qué va a pasar esta noche?

–Ya lo sabes –dijo él sonriendo.

–Felipe Oliveira no es tonto, y sospecha. ¿Y si después de esta noche sigue sin creerse que me quieres?

–Se lo creerá.

–¿Y si no lo hace?

Los ojos de él brillaron con malicia.

–Tengo un plan.

Capítulo 10

LAS INVITACIONES al baile de gala del Carnaval estaban muy solicitadas en Río. Laura había leído sobre él en las revistas del corazón de Estados Unidos. El glamuroso evento, que se celebraba en un palacio colonial al sur de la ciudad, atraía a personas hermosas, ricas y famosas de todo el mundo. Y esa noche, Laura sería una de ellas: la amante de Gabriel Santos.

Su supuesta amante, mejor dicho.

La puerta del Rolls-Royce se abrió y Gabriel y ella se bajaron. Una alfombra roja conducía al palacio, que había pertenecido a la familia real brasileña.

Gabriel estaba muy elegante con el esmoquin. Laura vio el deseo en su mirada cuando la tomó del brazo. Trató de no tenerla en cuenta y de sonreír a los paparazzi que les tomaban fotos, pero su cuerpo tembló ante la fuerza de aquel deseo.

«Te deseo, Laura, y serás mía».

Unos porteros de librea les abrieron las enormes puertas. Gabriel y Laura atravesaron el vestíbulo y llegaron al salón, que brillaba como un joyero. Ella miró asombrada las inmensas lámparas de araña que colgaban del techo. Los músicos de la orquesta vestían ropas del siglo XVIII. Los invitados bebían champán y reían a su alrededor.

Gabriel le preguntó:

—¿Lista?

Laura contuvo el aliento. Se sentía como la prin-
cesa de un cuento de hadas, o como Julia Roberts en
Pretty Woman, con su vestido rojo y sus guantes largos de color negro.

—Sí.

Cuando Gabriel la vio vestida así, ahogó un grito.

—Eres, sin lugar a dudas, la mujer más hermosa
que he visto en mi vida —le dijo mientras le entregaba
dos cajas de terciopelo negro. Al entrar en el salón,
ella lo miró y le apretó el brazo. Llevaba una pulsera
y unos pendientes de diamantes a juego, que la me-
lena que le caía por los hombros hacía destacar.

Nunca se había sentido tan hermosa ni tan ado-
rada.

Se hizo un silencio cuando Gabriel, el poderoso
magnate brasileño, la condujo a la pista de baile.
Laura vaciló ante la mirada de tanta gente. Al verlos,
la orquesta cambió de melodía.

En cuestión de segundos, otras parejas se les unie-
ron. A la segunda canción, la pista se llenó, pero
Laura no se dio cuenta. Mientras Gabriel la abrazaba
sentía frío y calor a la vez, una mezcla de miedo y
alegría y un deseo que la dejaba sin respiración.

Él la guiaba por la pista al ritmo de la música en
tanto que ella sentía el calor de su cuerpo bajo el esmoquin. Y pensó en la noche que habían hecho el
amor en el despacho y él había poseído su cuerpo vir-
ginal haciéndolo suyo. La había llenado de placer
aquella noche y ella había concebido un hijo.

Los ojos oscuros de él la acariciaban mientras bai-
laban. La inclinó hacia detrás y, al levantarla, la besó.

Los labios de él se movieron sobre los de ella murmurando palabras de amor verdadero y prometiéndole todo lo que necesitaba, todo lo que siempre había deseado.

Prometiéndole una mentira.

Ella se apartó con lágrimas en los ojos.

—¿Por qué me haces esto?

—¿No lo sabes? —preguntó él en voz baja—. ¿No te lo he dejado claro?

—Teníamos un trato —susurró ella—. Una noche en Río, un millón de dólares.

—Sí, pero ahora no voy a permitir que te marches.

Ella se quedó inmóvil mientras otras parejas giraban a su alrededor.

—No voy a dejar que me seduzcas, Gabriel —dijo ella con voz temblorosa.

Él la miró sin decir nada. No era necesario.

Ella salió corriendo y lo dejó en la pista de baile. Buscando ciegamente una salida, vio una cristalera abierta que daba a una especie de jardín en sombras. Se apresuró hacia ella, pero alguien se interpuso en su camino tomándola por los hombros.

—Buenas noches, señorita Parker.

—Señor Oliveira.

Iba vestido de esmoquin, lo cual sólo servía para acentuar su gordura, y estaba tomándose un Martini al lado del bar. Detrás de él, Laura vio a Adriana, que llevaba un cortísimo vestido plateado, muy ajustado.

—¿Una discusión de enamorados? —preguntó Oliveira.

Gabriel apareció detrás de ella y le puso las manos en los hombros.

—Claro que no.

Laura tragó saliva y se apoyó en él tratando de que pareciera que no tenía el corazón partido. Se obligó a sonreír.

–Quería tomar el fresco.

Gabriel la abrazó por detrás con fuerza y apoyó los muslos en sus nalgas al tiempo que la besaba en la sien.

–Y yo quería bailar.

Oliveira los miró con los ojos entrecerrados.

–Sois unos mentirosos.

Gabriel negó con la cabeza.

–No...

–Voy a deciros lo que de verdad ocurre –le interrumpió Oliveira–. Te crees que soy tan estúpido que voy a tragarme esto. Pero si firmo los papeles mañana y te vendo la empresa, ¿sabes qué sucederá?

–¿Que ganarás una fortuna?

–Que terminarás con esta farsa y volverás a ser libre para lograr lo que no te pertenece.

Gabriel lanzó un bufido.

–¿Por qué iba a interesarme tu prometida cuando tengo una mujer como ésta?

–Cambias de amante cada día. La señorita Parker es hermosa, pero no te comprometerás con ella durante mucho tiempo. Por mucho que digas, no me convencerás de lo contrario –apuró el Martini–. Le venderé la empresa al francés.

–Perderás dinero.

–Hay cosas más importantes que el dinero.

Laura sintió que el cuerpo de Gabriel se tensaba.

–St. Raphaël es un buitre. Dividirá la empresa de mi padre, despedirá a los empleados y esparcirá las partes por todo el mundo. Destruirá Açoazul.

–Eso no es problema mío. No voy a darte ningún motivo para que sigas en Río –le ofreció el brazo a Adriana, que los miraba con aire de superioridad, para marcharse.

Habían perdido.

Laura sintió que se ahogaba.

Habían fracasado. Ella había fracasado.

–Te equivocas conmigo, Oliveira –afirmó Gabriel con desesperación–. Puedo comprometerme; siempre he estado dispuesto a hacerlo, pero esperaba a que apareciera la mujer a quien pudiera amar para siempre.

Adriana y Oliveira se detuvieron y los miraron con asombro.

Como a cámara lenta, Laura se volvió hacia Gabriel, que había puesto una rodilla en tierra.

Él se sacó una caja de terciopelo negro del bolsillo, la abrió y extrajo de ella un anillo de diamantes.

–Laura –dijo en voz baja–, ¿quieres casarte conmigo?

Laura se quedó atónita.

Miró el anillo y después a Gabriel, arrodillado ante ella. Volvió a mirar el anillo.

«Esperaba a que apareciera la mujer a quien pudiera amar para siempre».

¿Había cambiado Gabriel de opinión sobre el amor y el compromiso?

¿Tenía tantas ganas de acostarse con ella que estaba dispuesto a que se casaran?

Él le sonrió y todo lo demás desapareció. Se perdió en sus ojos oscuros.

–¿Qué es esto? –preguntó Oliveira–. ¿Otro truco? ¿Ahora es tu supuesta prometida?

Gabriel siguió mirando a Laura.

–Di que sí y ésta será la fiesta de nuestro compromiso.

Laura soltó el aire que había estado conteniendo.

Y todos sus sueños de boda se derrumbaron. La proposición de matrimonio no tenía nada que ver con el amor, ni siquiera con el sexo, sino con los negocios.

Aquél era el plan B de Gabriel.

Se le llenaron los ojos de lágrimas, que esperaba que parecieran de alegría. Incapaz de hablar debido al nudo que tenía en la garganta, se limitó a asentir.

Gabriel se incorporó y la besó. Le puso el anillo con ternura. Le quedaba perfecto.

Laura lo miró. Era precioso, pero carecía de significado.

Oliveira los miró con aire reflexivo.

–Tal vez estuviera equivocado, Santos.

–¡Decías que nunca te casarías! –Adriana parecía ultrajada.

Sin dejar de mirar a Laura, Gabriel dijo:

–Los planes cambian.

–Pero la gente no –le espetó ella–. No hasta ese punto. Nunca te casarías con una mujer con un hijo.

Gabriel se volvió hacia ella.

–Tiene un hijo –le dijo Adriana a Oliveira–. Los vieron en la playa de Ipanema. Gabriel acaba de traer a Laura esta mañana, después de un año sin verse. ¿Cómo es que ha decidido de pronto que está enamorado de una mujer de la que lleva separado un año? Es un truco, Felipe. Es mentira. No se ha comprometido con ella. No lo haría con nadie.

–Te lo puedo explicar –dijo Gabriel con los dientes apretados.

La expresión de Oliveira se endureció.

–No, me temo que no. No me gusta esta compleja farsa que has representado. Nuestro trato queda anulado.

Laura vio la frustración en el rostro de Gabriel, su vulnerabilidad y su desesperación al perder para siempre la empresa de su padre.

–Espere.

Oliveira lanzó una carcajada y la miró divertido.

–¿Qué va a decirme?

–Lo que le ha contado Adriana es verdad –susurró Laura–. Tengo un hijo y no he visto a Gabriel desde hace más de un año, cuando me fui de Río. Pero hay un motivo por el que me ha ido a buscar y una muy buena razón para que quiera casarse conmigo.

–Estoy deseando saberla.

Laura no miró a Gabriel. No podía hacerlo si quería decir lo que tenía que decir. Cerró los ojos e inspiró profundamente antes de revelar el secreto que guardaba desde hacía más de un año.

–Gabriel es el padre de mi hijo.

Capítulo 11

TEMBLANDO, Laura se cruzó de brazos.

–Ah –Felipe Oliveira se acarició la barbilla con satisfacción–. Ahora lo entiendo.

–¡No! –Adriana ahogó un grito–. ¡No es verdad!

Laura miró ansiosamente a Gabriel. Sus ojos eran tan oscuros como el cielo nocturno. Vio que tomaba aire y que se acercaba muy lentamente a ella. Sin dejar de mirarla a la cara, la tomó en sus brazos. Laura esperó con aprensión a que su expresión se tornara furiosa y resentida, a que le dijera algo cruel.

Pero, en lugar de ello, la besó tiernamente en la mejilla y después se volvió hacia Adriana y Oliveira.

–No íbamos a decírselo a nadie, pero así es: Robby es hijo mío. Quería esperar hasta después de la boda para anunciarlo. Me parecía más adecuado.

–¿Adecuado? –dijo Adriana con desdén–. ¿Cuándo te has preocupado tú de lo que es adecuado?

Gabriel la fulminó con la mirada.

–Siempre ha sido mi intención hacer lo correcto. Nunca dejaría a un hijo sin padre y sin apellido.

–Y sin embargo –intervino Oliveira–, dejaste que tu prometida criara a vuestro hijo sola durante todos estos meses.

–No conocía la existencia de Robby –dijo Laura–. No se lo había dicho. Hasta que no nos vimos en la boda de mi hermana, no conoció a su hijo. Sabía que Gabriel no quería formar una familia...

–Es lo que siempre ha dicho –afirmó Adriana con resentimiento.

Los ojos de Gabriel resplandecieron de amor al mirar a Laura, que temblaba.

–Pero Robby me ha hecho cambiar de opinión –la abrazó con más fuerza–. Desde que vi a Laura con nuestro hijo, supe que no podría separarme de ellos, que estábamos destinados a ser una familia.

Laura, incapaz de respirar, contuvo las lágrimas al oír las palabras con las que siempre había soñado.

Le había dicho la verdad sobre Robby, y él lo sabía. Lo veía en sus ojos. Robby era su hijo. Y ésa era la recompensa por haber sido valiente y decir la verdad. Él no la había rechazado ni tampoco a su hijo.

Había creído que sería muy difícil confesar su secreto, pero no había sido así.

–Aunque seas un canalla, Santos, no abandonarías a tu hijo –afirmó Oliveira–. Ni a su madre –sonrió con astucia–. Y veo la pasión que hay entre vosotros. He sido un estúpido por sentirme amenazado. Estáis enamorados –hizo un gesto de asentimiento–. Está bien. Mañana firmaremos el contrato preliminar. Pásate por el bufete de mis abogados a las nueve.

Gabriel rodeó la cintura de Laura con el brazo.

–Muy bien.

Adriana fulminó a Laura con la mirada.

–¡Te quedaste embarazada a propósito! ¡Le has engañado para que se case contigo!

Laura se puso tensa al oírla y Oliveira agarró con fuerza el brazo de la supermodelo.

–Sólo hay una persona por la que deberías preocuparte de que no se case engañada, y soy yo. Los miro –indicó con la cabeza a Laura y Gabriel– y veo amor en ellos. Te miro a ti, Adriana, y no veo nada.

Ella lo miró con los ojos como platos.

–Nuestro compromiso ha terminado –continuó él con voz suave, y se dirigió a la salida cruzando el salón de baile.

Adriana se puso roja como un tomate mientras la gente que estaba cerca se reía disimuladamente.

–¡Muy bien! –gritó–. ¡Pero me quedo con el anillo!

Oliveira no se molestó en darse la vuelta. Los ojos de Adriana se llenaron de codicia insatisfecha y salió corriendo tras de él.

–¡Espera, Felipe!

Gabriel miró a Laura. Ella tomó aire en espera de la avalancha de preguntas que sabía que se produciría.

–Gabriel, sé que tenemos mucho de que hablar...

–Espera –miró a la gente alrededor–. Ven.

Agarró dos copas de champán de la bandeja de un camarero que pasaba en ese momento, y salieron al jardín.

Estaba oscuro y tranquilo. Las siluetas de las palmeras se balanceaban contra el cielo de color púrpura. La noche era cálida y las estrellas comenzaban a brillar.

–Así que ¿no te importa? –preguntó ella.

–¿Importarme? –sonrió, le dio una de las copas y brindaron–. Eres la mujer más increíble que conozco. Hermosa y brillante.

Ella lo miró con labios temblorosos y llena de alegría.

–¿No te has enfadado?

¿Por qué iba a hacerlo? ¿Porque has mentido?

–Sí.

–No, querida –la miró con ternura–. Tengo todo lo que deseaba gracias a ti.

Tomó un trago de champán y ella lo imitó con los ojos llenos de lágrimas de alegría. Nunca se hubiera imaginado que él reaccionaría así. ¿Qué había hecho para merecer aquel milagro, que Gabriel aceptara tan fácilmente a su hijo, que estuviera contento de ser padre?

–Soy tan feliz... –susurró mientras se secaba las lágrimas–. No me imaginaba que reaccionarías así.

–¿Estás llorando?

–Soy feliz.

–Yo también, mi hermosa niña –le acarició la mejilla. La agarró de la barbilla y se inclinó hacia ella–. Nunca olvidaré esta noche.

La besó con suavidad y, al sentir su lengua jugueteando en sus labios, ella lo tomó de los hombros y lo atrajo hacia sí.

Oyeron las carcajadas de otros invitados que salían al jardín. Gabriel la agarró de la mano y la condujo a una esquina que estaba en sombras. Las voces se aproximaban y él la empujó hacia la pared del palacio. Ella sintió el deseo del cuerpo masculino y la dureza de la piedra en la espalda.

Sin decir palabra, él la besó en la garganta. Ella cerró los ojos y echó la cabeza hacia atrás. Sintió que le mordisqueaba el cuello y le acariciaba los hombros y los brazos. La besó en el hombro mientras sostenía sus senos en las manos. Los apretó para juntarlos y le lamió el escote, justo por encima de donde le llegaba la tela del vestido. Ella contuvo la respiración.

Se oía música de samba mientras más invitados salían al jardín. Se aproximaron a donde estaban ellos otras voces murmurando en portugués y en francés. Gabriel se separó de ella.

–Vámonos.

–¿Ya? Ni siquiera es medianoche.

Él volvió a atraerla hacia sí y le susurró:

–Si no nos vamos, te poseeré aquí mismo.

Ella se dio cuenta de que estaba dispuesto a hacerle el amor allí, en el oscuro jardín, contra la pared y con gente alrededor. Asintió.

Gabriel la tomó de la mano y volvieron al salón de baile. La condujo entre la multitud mientras algunos lo saludaban en distintas lenguas. Pero no se detuvo, ni siquiera los miró. Llegaron a la puerta y él llamó al chófer.

Mientras esperaban en la alfombra roja, no se miraron. Él seguía agarrándola de la mano con fuerza. Ella oyó que respiraba agitadamente. O tal vez fuera ella misma. El corazón le latía con fuerza y estaba mareada.

–¿Por qué tarda tanto? –masculló Gabriel.

Ella percibió que se contenía, que, gracias a su fuerza de voluntad, no se volvía hacia ella, le arrancaba el vestido, la empujaba contra la pared y comenzaba a besarla delante de los porteros y de las cámaras de los paparazzi.

El Rolls-Royce tardó tres minutos en llegar. Carlos bajó y Laura se dio cuenta de que llevaba la corbata torcida y tenía una mancha de carmín en los labios.

–Por fin –gruñó Gabriel mientras abría la puerta.

–Lamento la tardanza, *senhor* –dijo Carlos mientras miraba compungido hacia el palacio.

Laura siguió su mirada y vio a una doncella que miraba desde una ventana del segundo piso. Laura se sentía tan feliz que no podía soportar la idea de que todos no lo fueran aquella noche. Se puso de puntillas y susurró a Gabriel al oído:

–Dale la noche libre.

–¿Por qué? No quiero conducir. Quiero estar contigo en el asiento trasero y...

–Se lo estaba pasando bien –le indicó la ventana con la cabeza–. Mira.

Gabriel miró y se dirigió al chófer.

–Carlos, que te lo pases bien esta noche. Confío en que alguien te lleve después a casa.

–Sí, señor –dijo el chófer con expresión alegre.

–Tengo una cita mañana temprano. No llegues tarde –abrió la puerta a Laura y se sentó al volante.

Laura sonrió ante la expresión perpleja de Carlos, se abrochó el cinturón y Gabriel arrancó.

–Conozco un atajo –dijo él unos segundos después.

Se salió de la carretera principal y tomó otra que corría paralela a la costa. Laura miró por la ventanilla el bello paisaje de los acantilados bañados por la luna.

Volvió a mirar el hermoso rostro de Gabriel, su nariz romana y la fuerte mandíbula. Percibió la fuerza con que agarraba la palanca de cambios y la tensión que desprendía su cuerpo.

Sentía tanta alegría que creyó que se iba a morir. La vida era maravillosa, mágica e increíble. ¿Cómo no se había dado cuenta antes?

Era Gabriel quien le había cambiado la vida para siempre. Su corazón le pertenecía. Para siempre.

Lo amaba.

—No me mires así —dijo él—. Son dos horas de viaje hasta la ciudad.

—¿No puedes conducir más deprisa? —le rogó.

Él lanzó una maldición mientras se salía bruscamente de la carretera y tomaba una pista que terminaba en un risco desde el que se veía el mar. Apagó el motor y las luces y se lanzó sobre ella.

Pero la parte delantera del Rolls no estaba hecha para eso. Los dos lujosos asientos de cuero estaban separados por una dura consola y el volante se le clavaba a Gabriel en la cadera. Apenas la había empezado a besar, tuvo que separarse de ella maldiciendo. Le abrió la puerta, la sacó del coche y la tumbó en el asiento trasero.

La besó con fuerza y pasión mientras se ponía encima de ella. Ella sintió el peso de su cuerpo y su olor a almizcle, que se mezclaba con el del cuero del asiento, el del bosque y el del salitre. Él la agarró de los brazos y se los echó hacia detrás.

La besó en la garganta y tomó sus senos en las manos. Pero los pies de los dos colgaban del asiento y las piernas de él se salían del coche. Y aunque el asiento era ancho y cómodo, Gabriel no podía abrazarla. Se levantó tan deprisa, que se golpeó la cabeza en el techo. Lanzó una maldición y ella vio que le brillaban los ojos.

La tomó de la mano y tiró de ella con brusquedad para sacarla del coche. Mientras la besaba, la recostó sobre el capó.

Laura lanzó un grito ahogado al sentir el calor de

la chapa en la espalda. Gabriel la siguió besando en los labios y la garganta. Ella vio el cielo estrellado mientras él le quitaba los dos guantes a la vez y los tiraba al suelo. De pie, la miró mientras se quitaba la chaqueta y la pajarita, y ella se percató de que no estaba dispuesto a esperar a llegar a Río.

Sería allí y en aquel momento.

Oyó el rugido de las olas rompiendo bajo el acantilado, el sonido de los pájaros nocturnos y el parloteo de los monos del bosquecillo que había tras ellos. Vio el brillo de los ojos de Gabriel a la luz de la luna mientras se inclinaba sobre ella y le bajaba la cremallera del vestido. Se lo quitó tirando de él lentamente y, ante el asombro de Laura, lo lanzó al suelo, a pesar de lo caro que era. Estaba tumbada en el capó del Rolls desnuda, salvo por el sujetador sin tirantes, las braguitas de seda, las medias blancas y el liguero.

Él jadeó mientras le acariciaba el vientre.

–¡Qué hermosa eres! –murmuró.

Ella tragó saliva. La luz de la luna iluminaba su pelo negro y sus manos mientras la acariciaba. Le desabrochó el sujetador y también lo tiró al suelo. Ella sintió que él se estremecía de un deseo apenas controlado cuando tomó sus senos en las manos.

–Llevo tanto tiempo deseándote... Creí que iba a morirme.

Descendiendo por su cuerpo la lamió entre los pechos y luego tomó su ombligo con la boca húmeda y cálida. Mientras su lengua se deslizaba por su piel, sus manos descendieron hasta las caderas.

Las manos de Laura se movían por sí solas bajo la camisa de él y sentían la calidez de su piel y los fuertes músculos del pecho. Se la desabrochó con manos temblorosas mientras él le lamía el lóbulo de la oreja. De allí pasó a besarle el cuello y los senos en tanto que sus manos se movían entre las piernas de ella.

La acarició por encima de las braguitas y a ella se le cortó la respiración. Él introdujo los dedos por debajo de la seda y la acarició muy suavemente en el húmedo centro de su feminidad. Ella movió las caderas hacia él, pero él se contuvo y siguió acariciándola. Lentamente le introdujo dos dedos.

Ella arqueó la espalda.

Él se apartó con un gruñido para quitarse la camisa. Y maldiciendo en voz baja volvió a inclinarse hacia ella. Su pecho estaba cubierto de vello negro ensortijado y su piel era suave al deslizarse por sus senos. Él se incorporó y ella lo agarró por los hombros mientras él la besaba en el cuello y la garganta. Con torturadora lentitud, la besó entre los senos y descendió hasta su vientre para luego llegar a la cadera. Le besó el borde de las braguitas y se detuvo.

Ella sintió su aliento cálido. Los labios de él se deslizaron lentamente por la seda y las piernas. Se las separó y le lamió la parte interna del muslo derecho. Ella tembló y comenzó a respirar entrecortadamente mientras los labios de él iban subiéndole por ambos muslos. La agarró con fuerza por las caderas para que no se moviera.

Le apartó las braguitas y se detuvo mientras ella sentía su aliento en el centro de su feminidad. Él puso la cabeza entre sus piernas, pero siguió sin tocarla, salvo con la caricia de la respiración.

—Por favor —rogó ella sin saber siquiera lo que le estaba pidiendo. Le agarró la cabeza—. Yo...

Controlándose al máximo, él le separó completamente las piernas con las dos manos. Bajó la cabeza aún más y la lamió con la punta de la lengua.

Laura experimentó un intenso placer. Lanzó un grito y abrió los brazos de par en par, desesperada por aferrarse a algo, a lo que fuera, para no subir volando al cielo. Con la mano derecha tocó el adorno de metal del capó del coche.

Gabriel siguió lamiéndola, al principio trazando pequeños círculos con la punta de la lengua, para después hacerlo con toda ella. Mientras ella gritaba, él se separó para volver a empezar hasta que ella se retorció por la dulce agonía del deseo que se acrecentaba, que estallaba...

–Para –dijo ella jadeando–. No –lo agarró de los hombros y tiró frenéticamente de él hacia ella. Gabriel se desabrochó los pantalones y se los bajó con los boxers. Se puso un preservativo que había sacado del bolsillo. Dejándole puestos el liguero y las medias a Laura, la agarró por las caderas y tiró de ella hasta situarla al borde del capó, donde estaba él. Rompiéndole las bragas de un tirón, la penetró.

Ella sintió que la llenaba por completo, hasta lo más profundo. Él lanzó un grito ronco y la agarró por detrás levantándole las piernas para que las entrelazara en sus caderas.

Sujetándola contra el capó, la embistió de nuevo penetrándola más profundamente. Cada embestida era más rápida y más intensa, y le apretaba los senos mientras ella alzaba las caderas para ir a su encuentro. Laura sintió que la tensión se le acumulaba en el vientre y contuvo la respiración mientras aquélla aumentaba y comenzaba a estallar.

Echó los brazos hacia atrás sobre el capó, cerró los ojos y se entregó por completo a Gabriel. Él volvió a agarrarla por las caderas y aceleró el ritmo. Las embestidas eran tan fuertes y profundas que el placer era casi dolor. Laura tenía el cuerpo tan tenso y estaba tan sin aliento que no sabía cuánto más podría soportar.

Abrió los ojos y vio el rostro de él sobre ella, entre las sombras, mientras seguía penetrándola profundamente. Él dijo su nombre jadeando y ella explotó mientras lo agarraba por los hombros y soltaba un grito que no reconoció como suyo. La voz de él se unió a la suya, en la última embestida, con un grito entrecortado que resonó en el bosque e hizo que los pájaros salieran volando de los árboles y se perdieran en la noche.

Él cayó sobre ella abrazándola.

Al recuperarse, Laura se dio cuenta de que no llevaba nada puesto salvo las braguitas desgarradas y las medias y que estaban en un punto remoto de la costa brasileña por donde cualquiera podía pasar y verlos. Había perdido la cabeza por completo. Y había estado bien, muy bien.

Pero Gabriel había ganado. La había seducido, tal como le había dicho que haría. La había poseído.

Y no sólo su cuerpo, sino también su corazón.

Ella trató de separarse para buscar el vestido y cubrirse.

Pero él la abrazó de nuevo.

—¿Dónde vas?

—Ya tienes lo que querías —replicó ella con amargura—. Has ganado —se estremeció en sus brazos. Se había entregado a él, y sabía el poder que tenía sobre ella, el que siempre tendría. Su propia vulnerabilidad la asustó. Su corazón estaba en manos de Gabriel–. Se ha acabado.

–¿Que se ha acabado? –se rió y la apretó mientras murmuraba–: Acaba de empezar.

Capítulo 12

LLEGARON a Río dos horas después. Un solo pensamiento llenaba la mente de Gabriel.

–Toma –le dijo a Laura mientras le cubría los hombros con la chaqueta al entrar al vestíbulo de su edificio.

Ella lo miró agradecida. Llevaba el vestido torcido y la cremallera se había roto cuando él se lo arrancó.

Al pasar al lado de los guardas, Gabriel los miró de reojo. Llevaba la camisa arrugada, los puños abiertos y la pajarita en el bolsillo de los pantalones. Laura lo miraba sin aliento, con los ojos brillantes, el maquillaje corrido y los labios inflamados.

Gabriel vio que los guardas hacían una mueca y se percató de que Laura y él no los habían engañado. No había duda de lo que habían estado haciendo.

Normalmente no le preocupaba que los demás se dieran cuenta de que había estado con una mujer. Pero aquello era distinto porque se trataba de Laura. Y el mismo pensamiento seguía dándole vueltas en la cabeza a pesar de sus intentos de evitarlo.

No quería que ella se fuera.

Cuando la había poseído sobre el capó del coche, bajo el cielo nocturno y al lado del mar, creyó que iba a morir de placer. Acariciar su piel, penetrarla hasta hacerla gritar, abrazarla con fuerza, estar unidos como si fueran sólo uno...

Se estremeció. Después de aquello debiera sentirse satisfecho y saciado, al menos durante aquella noche.

Pero no lo estaba. Quería más. Y más. Y no quería que ella se marchara.

Se montaron en el ascensor privado en silencio. Cuando las puertas se abrieron, siguió a Laura. Encontraron a Maria leyendo un libro en el salón.

Se puso de pie sonriendo.

–Señorito Gabriel, señorita Laura, el niño está durmiendo –al verlos de cerca, tosió y cerró el libro de golpe–. Buenas noches.

–Gracias, Maria –dijo Gabriel mientras su antigua niñera tomaba el ascensor.

Laura se volvió hacia él con el ceño fruncido.

–No se habrá dado cuenta, ¿verdad?

–Claro que no –dijo él al ver su expresión horrorizada.

Ella lanzó un suspiro de alivio.

–Voy a ver a Robby.

Él la observó mientras se marchaba. Su cuerpo se movía con gracia cubierto por su chaqueta. Entró en el dormitorio y desapareció.

Sin pensarlo, la siguió. Vio que se acercaba a la cuna y que se quedaba en silencio escuchando el sonido de la respiración de su hijo. Se acercó más a ella.

A la débil luz de la lamparita que estaba en la pared de enfrente, apenas pudo distinguir al niño. Tenía los brazos por encima de la cabeza. Gabriel oyó su respiración suave y regular y algo se le removió por dentro. Sintió la repentina necesidad de protegerlo, de asegurarse de que nada malo le pasara.

Lo mismo que había sentido en otro tiempo por su familia.

Ese pensamiento le produjo un dolor en el pecho tan intenso que creyó que se ahogaba. Sin decir nada, salió de la habitación.

Se quedó temblando en el pasillo durante unos instantes. Cuando Laura salió, se había recuperado y había tomado varias decisiones.

Ella cerró la puerta del dormitorio y vio a Gabriel.

–Siento mucho lo de Robby –dijo en voz baja–. No tenía que haberte mentido, Gabriel, pero estaba muy asustada.

Él soltó una carcajada.

–Para serte franco, yo también me he asustado durante unos segundos. Pero has tenido una idea brillante al decir que era el padre de Robby. Ha salvado el acuerdo. Ha sido un golpe genial, Laura.

Ella se puso pálida.

–¿Qué?

–Ha sido una mentira perfecta. Pero no te preocupes. Si Adriana hace correr el rumor de que soy el padre, lo cual es lo más probable, no lo negaré. Como el verdadero padre no se ha preocupado de darle su apellido, alguien tendrá que hacerlo.

Ella se mordió el labio inferior, que le temblaba.

–Gabriel... ¿No se te ha ocurrido, ni por un momento, que fuera verdad? ¿Que Robby fuera tu hijo?

–Claro que no. Si Robby fuera mi hijo y me hubieras mentido durante todo este tiempo...

–¿Sí?

Él se encogió de hombros.

–He destruido a hombres por menos que eso –le acarició la mejilla sonriendo y la besó en el hombro–.

Pero sé que Robby no puede ser mío. Utilizamos protección. Y no me mentirías. Aparte de Maria, eres la única persona en quien confío plenamente. Eres...

Se inclinó hacia ella con el ceño fruncido.

–Estás llorando otra vez. ¿Es de felicidad?

Ella apartó la mirada mientras se secaba las lágrimas.

–Sí, de felicidad.

–Muy bien –le acarició la mejilla–. Tenemos que celebrar que se mantenga el acuerdo sobre Açoazul –le sonrió con malicia–. Se me ocurre un modo...

–No –le espetó ella–. Necesito... Tengo que estar sola.

Se dio la vuelta bruscamente y echó a correr por el pasillo. Él oyó el sonido de las puertas correderas de la terraza. Fue tras ella y, al llegar, vio que se había quitado la chaqueta. El vestido apenas le cubría los senos.

–¿Qué haces? –le preguntó–. ¿Qué te pasa?

–Déjame sola –respondió ella en voz baja y apenada–. Ve a acostarte. Nos veremos por la mañana.

De pronto, el vestido cayó al suelo, pero ella no pareció darse cuenta.

Él se pasó la lengua por los labios, incapaz de dejar de mirarle el cuerpo medio desnudo.

–¿Qué haces?

Ella apartó la mirada.

–Voy a bañarme.

Él sonrió.

–Es una idea estupenda. Te acompaño.

–¡No! –gritó ella.

–¿Por qué no?

Ella tardó unos segundos en responder.

–Necesito estar sola –como él no se movía, añadió–: Por favor, Gabriel, vete.

Dirigió la vista hacia el mar y él vio el brillo de
las lágrimas en sus ojos. Y aquéllas no eran de felicidad.

Y quería que se fuera. Lo había dicho claramente.

Apretó los dientes y la dejó en la terraza.

Una vez dentro de la casa, se detuvo. No podía
consentir que aquello acabara así. Se dio la vuelta
con la intención de discutir con ella y de rogarle.

Pero se quedó inmóvil.

La vio a la luz de la luna, sentada en una tumbona
y tapándose la cara con las manos. Después las bajó
y comenzó a quitarse las medias.

Él la miraba paralizado.

Ella se quitó el liguero y lo lanzó al suelo.

Se puso de pie. Sólo con el sujetador y las braguitas, se dirigió al borde de la piscina iluminada. Gabriel siguió mirándola desde detrás del cristal, incapaz de moverse, casi sin respirar.

Con un grácil movimiento, ella se zambulló en el
agua y permaneció tanto tiempo sumergida que él se
asustó y salió corriendo a la terraza.

La vio sentada en el fondo de la piscina con los
ojos cerrados. Le pareció que tardaba una eternidad
en salir a la superficie.

Laura le daba la espalda. La luz de la luna iluminaba sus hombros desnudos.

Gabriel ahogó un gemido. Estaba excitado y la deseaba. Se acercó al borde de la piscina.

–Laura...

Ella se dio la vuelta y, al verlo, lanzó un grito ahogado.

–¿Qué quieres?

Él se sentó en una silla al lado de la piscina.

–Quiero que me digas lo que piensas.

–Pienso que quiero estar sola.

–Dímelo –la amenazó–. O te lo sacaré a besos.

Ella le dio la espalda.

–Márchate.

Pero a pesar de sus palabras desafiantes, él advirtió un sollozo en su voz. ¿Era por culpa suya? Apretó los dientes. Se levantó y se quitó los zapatos.

–¿Qué haces? –le preguntó ella, alarmada.

Él no respondió. En pantalones y camisa, se tiró a la piscina.

Había estado en el equipo de natación del colegio y nadaba muy bien, también debajo del agua. Emergió justo al lado de ella y la empujó hacia el borde de la piscina.

–Dímelo.

–No.

–Ahora mismo.

Ella lo miró con ojos llorosos.

–No puedo.

Al mirarla, Gabriel sintió una opresión en el pecho. Se agarró al borde de la piscina con las dos manos atrapándola con su cuerpo. No podía escapar.

–Me lo vas a decir, sea lo que sea.

Ella inspiró profundamente y levantó la barbilla.

–No te haría ningún bien. Ni a ti ni a nadie –susurró.

Gabriel, enfadado, soltó una mano del borde de la piscina y la tomó de la barbilla.

–Recuerda, no me dejas otra opción.

Y la besó.

Los labios de ella temblaron bajo los suyos. Él los

movió seductoramente, atrayéndola sin fuerza, tentándola con el deseo mutuo, con la necesidad insaciable que existía entre ambos. Le acarició la mejilla y el cuello. Y su mano se hundió en el agua y descendió por su costado acariciándole el seno, la cintura y la curva de la cadera.

Estremecido de deseo, se apartó para mirarla.

Había una conexión entre ellos que no entendía. No quería que se fuera. Nunca.

La levantó para sacarla de la piscina. Era ligera, apenas pesaba en sus brazos. La dejó en el suelo y salió. La camisa y los pantalones se le pegaban a la piel. Se quitó la camisa con impaciencia, pero la tela de los pantalones se aferraba obstinada a su cuerpo y estuvo a punto de tropezar y caerse.

Laura, sentada en el suelo de la terraza, contuvo la risa.

—Sí, ríete —gruñó él.

Tiró los pantalones y los calcetines al suelo y levantó a Laura, abrazándola estrechamente contra su cuerpo desnudo.

La risa abandonó los ojos de ella y fue sustituida por algo oscuro y ardiente. Mirándolo maravillada, le acarició el mentón.

Esa leve caricia hizo que Gabriel perdiera el control. Quiso tenderla en la tumbona que había allí mismo, lanzarse sobre ella y penetrarla hasta que los dos estallaran de placer.

Pero eso ya lo había hecho sobre el capó del coche, por lo que se tomaría las cosas con calma.

Haría las cosas bien.

Entraron en la casa dejando un reguero de agua que mojó las caras alfombras.

Él miró a aquella hermosa mujer que le rodeaba el cuello con los brazos y lo miraba con una mezcla de temor, deseo y fascinación. Al llegar a su habitación, la dejó en la cama.

Al verla allí, casi desnuda, tembló de deseo. Por las rendijas de la persiana entraba la luz de la luna que iluminaba el cuerpo de ella y resaltaba las sombras de sus senos y sus caderas. Él se estremeció.

La deseaba.

—Voy a mojarlo todo —susurró ella riéndose nerviosa.

—Muy bien.

Ella miraba a todas partes salvo a su cuerpo desnudo, a cualquier sitio salvo a la prueba, dura y grande, de su deseo. Era evidente cuánto la deseaba. Y que quería mostrárselo, que lo supiera.

Gabriel le puso la mano entre los senos y suspiró.

Le veía los pezones a través del sujetador de seda. Debido a que las braguitas eran transparentes y estaban rasgadas, veía los rizos oscuros de vello entre sus piernas. Fue a arrancarle el sujetador, pero se detuvo.

«No te apresures. Hazlo bien», se dijo.

Controlándose al máximo, le desabrochó el sujetador, se lo quitó y lo tiró a la alfombra. Después fue el turno de las braguitas.

Al verla desnuda y sentada en la cama, tomó aire para seguir manteniendo el control. Quería lanzarse sobre ella y penetrarla profundamente hasta sentir que ella temblaba de alegría. Pero, en lugar de hacerlo, se sentó a su lado. Le acarició la mejilla y la besó dulce y largamente.

Mientras la acariciaba, la siguió besando, disfrutando del sabor de sus labios y del cálido placer de su boca. Ella suspiró mientras lo rodeaba con el brazo y lo atraía hacia sí.

Él no intentó tumbarla en la cama, sino que continuó besándola como si tuviera todo el tiempo del mundo, y exploró su boca, le mordió los labios, el cuello y la barbilla y le lamió el lóbulo de la oreja. Creyó que iba a morir por tener que esperar tanto, pero se lo debía a ella, tenía que ir despacio, ir...

Ahogó un grito cuando ella le agarró el miembro, duro y grueso. Sintió una sacudida mientras ella lo recorría lentamente con la yema de los dedos. Le tocó la punta suavemente con el pulgar, de la que escapó una pequeña gota, como una perla. Gabriel ahogó un gemido.

—Querida —dijo con voz ronca—, no me... No puedo...

Con un movimiento brusco, ella lo tumbó en la cama y lo empujó hasta las almohadas. Gabriel sintió sus labios descenderle por la garganta y el pecho. Estaba a su merced, y se dio cuenta mientras lo besaba. Cuando la cabeza de ella le sobrepasó el vientre, él se agarró al edredón tratando de controlarse. Después sintió que la lengua de ella le acariciaba la piel ardiente y palpitante y le lamía la gota de la punta.

Él lanzó un ronco jadeo y estuvo a punto de perder el control. La agarró por los hombros y la levantó con fuerza para situar las caderas de ella sobre su cuerpo. El deseo lo cegaba. Quería embestirla, penetrarla. Lo único que sabía era que, si no la poseía, moriría.

—Espera —dijo ella jadeando y abrió un cajón al lado de la cama.

Él vio que tenía un preservativo en la mano y se dio cuenta de que se le había olvidado por completo.

¡Se le había olvidado por completo! Si Laura no lo hubiera detenido, por primera vez en su vida le habría hecho el amor a una mujer sin preservativo. Expulsó el aire que retenía en los pulmones al tiempo que comenzaba a sudar.

–Ya está –susurró Laura. Por fin bajó su cuerpo hacia el de Gabriel para que la penetrara muy lentamente.

Él cerró los ojos. ¡Sí! ¡Sí! Se estaba volviendo loco. Y cuanto más estaba dentro de ella, más loco se volvía.

Ella se movió lentamente para que la penetrara con más profundidad. Pegó los muslos a sus caderas para incrementar el ritmo y cabalgar sobre él.

Gabriel abrió los ojos y la miró. Sus grandes pechos se balanceaban sobre él. La expresión de su rostro era luminosa, tenía los ojos cerrados en éxtasis y se mordía el labio inferior. Oyó su respiración agitada y deseó que nunca se marchara.

Nunca.

Sintió una opresión en el pecho. No podía permitirse sentir aquello. No podía permitirse sentir nada salvo lujuria. Tenía que ser sólo sexo, sin más.

Debía enseñar a Laura cuál era su sitio, demostrarle la verdadera naturaleza de la pasión que había entre ellos.

Hizo un movimiento violento para situarse encima de ella. Ella abrió los ojos cuando la agarró por los hombros. Él, lanzando un gruñido, la penetró con fuerza.

Gabriel jadeó al sentir su interior, caliente y suave, y cómo lo retenía con fuerza. Ella gritó ante la fuerza de las embestidas, pero él no se detuvo, sino que aumentó el ritmo, colmándola con cada embestida, cada vez más rápida y profunda. Ella también lo agarró por los hombros y le clavó las uñas con fuerza, frenética de deseo.

Pero no era suficiente. Gabriel quería quitarse el preservativo, sentir el interior de ella con la piel desnuda y...

«No», se dijo.

Fue como si le hubieran dado un golpe. Era lo único que no podía hacer en ningún caso. No podía arriesgarse a que ella concibiera un hijo.

Furioso, aumentó aún más el ritmo y la intensidad, desesperado por sentirla por completo en torno a él, por perderse totalmente en su interior. Sintió que las uñas se le clavaban aún más en la carne. El dolor aumentó el placer que experimentaba mientras seguía embistiendo cada vez con más fuerza hasta que la frente se le llenó de gotas de sudor.

Quería dejarla en carne viva, seguir hasta la extenuación, hasta que los dos se derrumbaran olvidándose de todo.

La oyó gritar en un lento crescendo de alegría. Todos los músculos de su cuerpo estaban tensos. Con una violenta embestida, la llenó por completo y la abrazó con fuerza mientras ella gritaba su nombre. Sintió que se estremecía en sus brazos y no pudo contenerse más. Dio una violenta embestida, sintió la carne de ella caliente y húmeda en torno a su miembro y, ciego, se vació en su interior con un grito.

Capítulo 13

LAURA se despertó sobresaltada. Un rayo de sol entraba por la ventana. Se sentó bruscamente en la cama y se le cayó la sábana, dejando sus senos al descubierto. ¿Había oído la voz de su hijo en la habitación de al lado?

Escuchó con atención, pero no oyó nada salvo la respiración regular de Gabriel, que dormía a su lado. Después volvió a oír la voz de Robby.

–Ma... ma... ma...

Laura se levantó sin hacer ruido y agarró un albornoz de la percha del cuarto de baño. Salió de la habitación de Gabriel y fue a la suya, donde encontró a su hijo sentado en la cuna. Lo tomó en brazos mientras le susurraba palabras de amor. Lo abrazó y lo amamantó acunándolo en la mecedora. Con el estómago lleno, el niño volvió a dormirse rápidamente.

Pero Laura sabía que ella no podría hacerlo.

Puso a Robby en la cuna y se metió en el cuarto de baño cerrando la puerta tras de sí. Abrió el grifo de la ducha, se quitó el albornoz y se metió bajo el agua. Se lavó la cabeza mientras miraba sombríamente la pared.

Había sido tan feliz la noche anterior...

Había sido tan estúpida...

Por supuesto que Gabriel había creído que mentía

al decir que era el padre de Robby. Le había parecido una invención, como lo había sido su proposición de matrimonio.

Se miró el anillo con el enorme diamante que seguía llevando en el dedo. Con un sollozo, lo tapó con la otra mano. Le había parecido todo tan real... Cerró los ojos y echó la cabeza hacia atrás para que le cayera el agua caliente en la cara. Al darse cuenta de que Gabriel no creía ser el padre de Robby, se le había partido el corazón. Se había tirado a la piscina y sumergido bajo el agua con la esperanza de olvidar su dolor, como lo hacía en el estanque de la granja.

Pero lo que le había hecho olvidar habían sido las caricias de Gabriel, el deseo de sus ojos oscuros mientras la llevaba a la cama. Durante unas horas consiguió olvidar el dolor, no recordar que estaba enamorada de un hombre que no la quería, ni tampoco a su hijo. Había olvidado que se marcharía por la mañana y que siempre se interpondría una mentira entre los dos.

Él la había tomado en sus brazos y la había besado con tanta sinceridad y dulzura, que Laura había olvidado todo salvo que lo quería.

Él le había acariciado la piel desnuda mientras la besaba. Ella se había vuelto loca y había tomado su miembro en las manos. Literalmente. Soltó una risa medio histérica. Recordó el tacto duro y suave en su mano y el sabor de la gota en la punta. Y la forma brusca en que había reaccionado él, tumbándola de un empujón y penetrándola como un salvaje hasta que ella había estallado de placer, un placer mezclado con el gusto salado de las lágrimas.

Trató de no echarse a llorar. Ya era de día. La noche en Río había acabado. Era hora de devolver el anillo. Y de recuperar su corazón.

Como si eso fuera posible.

Volvería a la granja de su familia y a su solitaria cama. Pero sería peor que antes, porque sabía que siempre querría a Gabriel, que nunca sería libre.

«¿Quién es el padre, Laura? ¿Lo dirás alguna vez?».

Cerró el grifo y se secó el pelo. Se puso el albornoz y salió de la habitación.

Fue a la cocina a preparar café. Mientras se hacía, echó azúcar y leche en un tazón y después lo llenó hasta arriba. Sopló el líquido y se quedó inmóvil unos instantes.

Aquél podía haber sido su hogar. Allí podía haber formado una familia si se hubiera enamorado de un hombre que la quisiera y que deseara tener una esposa y un hijo.

Con el tazón en la mano, salió a la terraza a ver cómo el sol se elevaba sobre el Atlántico. Era la última mañana que pasaría con Robby y su padre bajo el mismo techo, el último día que vería al hombre al que siempre amaría.

Sintió la suave brisa procedente del mar y miró la playa. La fiesta había concluido, y sólo quedaba basura en la calle.

—Estás aquí.

Se volvió. Gabriel llevaba puesto el pantalón del pijama. Le miró sin querer el torso desnudo antes de dirigir la vista a los ojos. Él alzó una taza.

—Gracias por haber hecho café.

Ella dio un sorbo del tazón.

—De nada —suspiró y se volvió a seguir mirando el

mar–. Era lo menos que podía hacer antes de marcharme.

–¿De marcharte? –había algo extraño en su voz. Ella, sobresaltada, volvió a mirarlo.

–Dentro de unas horas firmarás los papeles para comprar la empresa de tu padre y Robby y yo nos iremos a casa.

De pronto, el hermoso rostro de Gabriel se tornó sombrío. Dejó la taza y le puso las manos en los hombros.

–No quiero que te vayas.

–Nuestra noche ha terminado –tragándose el dolor, trató de sonreír–. Ya sabíamos que no duraría.

–No.

Laura esbozó una sonrisa temblorosa.

–Así es como planeamos que fuera.

–No –repitió él–. Quédate.

–¿En calidad de qué?

–Como... como mi amante.

Ella se pasó la lengua por los labios deseando aceptar, deseando decir cualquier cosa que le aliviara el dolor. Pero sabía que quedarse como amante de Gabriel no lo aliviaría, sino que lo prolongaría.

–No puedo –susurró–. Estaría siempre esperando el día en que te cansaras de mí y te fueras con otra mujer.

Él la miró a los ojos.

–¿No puedes vivir el momento?

Conteniendo las lágrimas, ella negó con la cabeza.

–¿Por qué?

Ella estuvo a punto de echarse a reír. Gabriel parecía un niño mimado al que le hubieran quitado su juguete preferido.

–Porque no quiero criar a Robby así. Y porque...
–¿Por qué?

Ella inspiró profundamente y le abrió su corazón.

–Porque te quiero –susurró.

Él la miró con los ojos muy abiertos.

–¿Que... me quieres?

Ella asintió. Tenía un nudo en la garganta.

–El año pasado me fui porque sabía que no podías corresponderme. Me habías dicho muchas veces que nunca querrías a nadie. Y que tampoco te casarías.

Él la seguía mirando fijamente y ella esperó conteniendo la respiración, con la esperanza de que él lo negara, de que le dijera que el tiempo que había pasado con Robby le había hecho cambiar de opinión.

–En la vida hay más cosas que el amor, Laura –respondió él mientras la tomaba en sus brazos–. Como la amistad, el compañerismo y la pasión. Y no puedo prescindir de ti. Te necesito. Necesito tu sinceridad, tu bondad, tu calor, que calienta mi frío corazón –le sonrió sin ganas.

Ella se frotó los ojos.

–Lo siento, Gabriel, pero no puede ser –dijo con voz entrecortada–. No puedo quedarme aquí queriéndote sin recibir nada a cambio, salvo la certeza de que un día te marcharás.

Él la agarró por los hombros.

–Cásate conmigo.

Laura lo miró boquiabierta.

–¿Qué?

–Cásate conmigo –le tomó la mano derecha y miró el anillo. Esbozó una sonrisa–. Ya tienes el anillo.

–¡Pero creí que la proposición era falsa!

–Y lo era.

Ella negó con la cabeza con los ojos llenos de lágrimas.

–Entonces, ¿por qué me dices eso? Estamos solos y ya has convencido a Oliveira. No tienes que seguir fingiendo.

–No finjo –le besó la mano y ella tembló al sentir el contacto de sus labios–. Te necesito, Laura –dijo con voz ronca–. No quiero perderte. Cásate conmigo. Ahora. Hoy.

A ella le pareció estar soñando.

–¿Y Robby?

–Tal vez no llegue a quererlo, pero le daré mi apellido. Os puedo dar a los dos la vida que merecéis. Y te seré fiel, Laura, te lo juro.

Estaba tan cerca de todo lo que ella había deseado... Gabriel sería su marido y el padre, al menos de nombre, de su hijo. Y aunque algo le decía que no era un buen acuerdo casarse con quien no la amaba, no pudo resistirse. El corazón se impuso a la cabeza y sucumbió a la tentación del más profundo deseo de su corazón.

Se abrazó a él sollozando y lo besó mientras salía el sol, luminoso y dorado, sobre el Atlántico.

–¡Sí! –exclamó entre sollozos–. ¡Sí!

Capítulo 14

DOS SEMANAS después, Laura se miró al espejo con la mente en blanco.

Una novia elegantemente vestida con un traje de satén y un largo velo de encaje le devolvió la mirada. Aquello seguía sin parecerle bien. Agarró el ramo de rosas blancas y volvió a contemplarse.

Era la mañana de su boda. En menos de una hora tendría todo lo que había soñado: sería la señora Santos y Robby tendría padre.

Entonces, ¿por qué no se alegraba? Debiera estar eufórica de felicidad y esperanza. Entonces, ¿por qué se sentía tan vacía al verse con aquel hermoso vestido, en una suite de la mansión alquilada a las afueras de su pueblo?

Gabriel había querido casarse con ella inmediatamente, en Río, pero había cedido a sus ruegos de que lo hicieran en New Hampshire para que su familia pudiera ir a la boda.

—Claro que podemos casarnos allí, si es lo que deseas. Pero, tras la ceremonia, volveremos a Río y aquí viviremos. ¿Te parece bien?

Se lo pareció. Estaba ebria de felicidad y sólo pensaba en que se iba a casar con el hombre al que amaba, rodeada de familiares y amigos.

No se había preocupado de lo que pasaría después.

Gabriel ya había firmado los documentos preliminares para la compra de Açoazul y planeaba fusionarla
con Empresas Santos y dejar Nueva York para insta-
larse definitivamente en Río.

Desde el día siguiente, Robby y ella vivirían lejos
de su familia, de las personas que de verdad los que-
rían. Ella sería la esposa de un hombre que no la
amaba y que sólo le ofrecería apoyo económico para
criar al niño que no sabía que era su hijo y al que
nunca querría.

El vestido que llevaba era de diseño, de estilo años
veinte, y el velo era de su bisabuela. Faltaban diez
minutos para que bajara a casarse en aquel bello lugar.

La mansión Olmstead era una lujosa casa de cuarenta habitaciones construida por un banquero que
había quebrado y que se alquilaba para bodas. Situada entre colinas, tenía su propio lago y era un lugar de ensueño.

Después de la ceremonia, que tendría lugar en la
biblioteca, llena de flores para la ocasión, se celebra-
ría el banquete en el salón de baile, en el que se ser-
viría carne, langosta y champán.

Laura se había sentido inquieta ante una boda tan
lujosa porque empequeñecería la de su hermana, ce-
lebrada dos semanas antes. Gabriel sonrió y descolgó
el teléfono. En cuestión de minutos preparó un viaje
de novios a Tahití para Becky y su marido en su jet
privado, y concedió una beca a Margaret y a Hattie
para que pudieran estudiar en la universidad. A la
madre de Laura le pagó la hipoteca de la granja e incluso ayudó a su mejor amiga, una vecina con un hijo
enfermo, al que pagó el tratamiento médico.

Hizo todo eso, y además ingresó el millón de dólares acordado en la cuenta corriente de Laura.

–Lo prometido es deuda –le dijo cuando ésta lo abrazó sollozando de alegría–. Siempre cuidaré de ti, y eso implica cuidar de tu familia.

Laura se mordió el labio inferior mientras se contemplaba en el espejo con el ceño fruncido. Tenía todo lo que deseaba. Y sin embargo...

«Tu familia», había dicho Gabriel, en vez de nuestra familia.

Él no la quería ni quería a Robby. Y seguía sin saber la verdad.

«¿Qué más da?», se preguntó. Su amor por Gabriel sería suficiente para los dos. Y él viviría con su hijo, lo mantendría económicamente y se comportaría igual que un padre en muchos aspectos. ¿Qué importaba que no supiera la verdad?

Pero sí importaba. De hecho, la verdad lo era todo. Porque sin ella, ¿cómo iba a haber amor?

Pero si le confesaba a Gabriel que él era el padre de Robby, si se enteraba de que le había estado mintiendo todo el tiempo, podría perderlo todo. Él nunca le perdonaría que le hubiera mentido. Era casi seguro que anularía la boda. ¿Cómo iba a tomarla por esposa si no podía confiar en ella? Y tal vez solicitara judicialmente la custodia de Robby y se lo arrebatara por su sentido del deber o por el deseo de castigarla.

Pero le remordía la conciencia.

¿Acaso no tenía Gabriel derecho a saber la verdad antes de que se comprometiera con ella para toda la vida?

Oyó que llamaban a la puerta y asomó el rostro sonriente de su madre.

–¿Estás lista, cariño? Tus hermanas te esperan y están deseando ser tus damas de honor.

Laura inspiró profundamente y apretó el ramo con manos temblorosas.

–¿Ya es la hora?

–Faltan unos minutos. Están llegando los últimos invitados.

Su hija se volvió hacia ella y Ruth lanzó un grito ahogado al tiempo que se le llenaban los ojos de lágrimas.

–Estás preciosa, Laura.

Los labios de ésta temblaron al sonreír.

–Tú también, mamá.

Su madre negó con la cabeza ante el cumplido y la abrazó. Estaba muy elegante con su traje de chaqueta de seda de color crema y un collar de perlas.

–Os echaré mucho de menos a Robby y a ti cuando estéis en Río –dijo con voz entrecortada–. Vais a vivir muy lejos.

Laura trató de contener las lágrimas. Aunque le encantaban la energía de Río, la calidez de sus habitantes y la belleza de Brasil, la idea de irse a vivir tan lejos de su familia y su hogar le causaba un dolor insoportable. Lo sobrellevaría si su esposo la quisiese. Pero tal como estaban las cosas...

Ahogó un sollozo y abrazó con fuerza a su madre al tiempo que intentaba tranquilizarla.

–Sólo es un viaje corto en avión.

–Ya lo sé –su madre se separó de ella sonriendo, aunque las lágrimas brillaban en sus ojos–. Me consuela saber que serás feliz, verdaderamente feliz –hizo una pausa–. Gabriel es el padre de Robby, ¿verdad?

Laura contuvo la respiración.

—¿Cómo lo sabes?

La sonrisa de su madre se hizo más ancha.

—Tengo ojos en la cara y os he visto juntos. Está loco por ti.

Parecía que su madre no veía tanto como pensaba. Laura tragó saliva.

—Tenemos problemas.

Su madre se echó a reír.

—Por supuesto que sí. Hubo momentos en que hubiera deseado asesinar a tu padre. Pero ahora... —se le quebró la voz—. Los problemas que teníamos me parecen insignificantes. Daría lo que fuera por que estuviera aquí discutiendo conmigo. El amor no es fácil, pero sé que harás lo correcto. Como siempre.

Laura volvió a tragar saliva.

—No siempre.

Ruth sonrió.

—Tu padre decía que eras de fiar. De todas mis hijas, fuiste la más fácil de criar. Y ahora, a la que me resulta más difícil dejar marchar —se secó las lágrimas—. Mira, aquí estoy, estropeándome el maquillaje después de que Gabriel me haya regalado este traje tan caro.

—Le has llamado Gabriel.

—¿Cómo quieres que llame a mi yerno? —la besó en la mejilla—. Ya no es tu jefe. Un marido es algo muy distinto —se rió mientras se daba la vuelta para marcharse—. A un marido hay que recordarle que no se debe tomar a sí mismo muy en serio.

—Espera —susurró Laura.

Su madre se detuvo en la puerta.

—¿Sí, cariño?

Laura cerró los puños. De pronto, el vestido le resultó inexplicablemente estrecho.

Estaba al borde de un precipicio y lo sabía. La elección que realizara ese día le cambiaría el curso de la vida. Y también se lo cambiaría a su hijo.

«Harás lo correcto. Como siempre».

—Tengo que ver a Gabriel —afirmó con voz entrecortada—. ¿Quieres decirle que suba?

Su madre frunció el ceño.

—¿Ahora mismo? Trae mala suerte ver a la novia. ¿No puedes esperar una hora?

Una hora después estarían casados. Incapaz de hablar, Laura negó con la cabeza. Su madre cerró la puerta suspirando. Gabriel apareció cinco minutos después.

—¿Querías verme, querida?

A Laura se le formó un nudo en la garganta al mirar a su futuro esposo, tan guapo, al contemplar la fuerza de su cuerpo, apenas contenida por el esmoquin. Recordó la última vez que había llevado esmoquin, cuando la besó en los jardines, la noche del baile de Carnaval, y le hizo el amor sobre el capó del coche al lado del mar iluminado por la luna...

Dejó el ramo en el tocador.

—Tengo que hacerte una pregunta.

Él sonrió mientras se aproximaba. Le acarició la mejilla.

—¿Qué es, esposa mía?

Laura tragó saliva y lo miró.

—¿Me quieres? —susurró.

Él se puso tenso y sus ojos se oscurecieron. Ella esperó con el corazón latiéndole a toda velocidad.

—Creí que había quedado claro que me importas

mucho, Laura. Te admiro, te deseo y quiero que formes parte de mi vida.

A ella se le cayó el alma a los pies.

—Pero ¿me quieres? —repitió en voz baja.

—Ya te he dicho que no puedo querer a nadie. Ni a una esposa ni a unos hijos.

—Pero los tendremos...

—No —respondió él. Le puso las manos en los hombros y la miró a los ojos—. ¿Por eso me has hecho subir antes de la ceremonia? ¿Para preguntarme si algún día querré tener hijos?

Ella, con los ojos llenos de lágrimas, hizo un gesto afirmativo.

Él inspiró profundamente.

—Lo siento, Laura. Creí que me habías entendido. Aunque te haya pedido que te cases conmigo, nada ha cambiado. No puedo ofrecerte amor. Ni más hijos.

Ella lo miró consternada.

—¿Ni más hijos?

Él negó con la cabeza.

—Pero ¿por qué? —gritó ella.

Él retiró las manos de sus hombros.

—Antes de que nos casemos, debes saber por qué no cambiaré de opinión —desvió la mirada hacia la ventana—. Mis padres y mi hermano murieron cuando tenía diecinueve años. Y fue por mi culpa.

—Sé que te has pasado la vida tratando de recuperar lo que perdiste —afirmó ella—. ¡Pero no fuiste culpable de su muerte!

—Yo conducía el coche cuando se mataron. Mi hermano se acababa de fugar con una camarera con la que había tenido una hija mientras estábamos en la universidad. Llevaba unos meses viviendo con ella

y no les había dicho a mis padres que había abandonado los estudios. Fui a verlos a Sao Paulo, donde
malvivían del sueldo de él como peón de albañil. ¡Mi
hermano, que debiera haber sido médico!

–Por eso sabes jugar con un bebé –susurró ella–.
Pasaste un tiempo con tu sobrina.

Gabriel le sonrió de tal forma que le partió el corazón.

–Sí –afirmó en voz baja–. Pero para cuando mi
hermano decidió casarse con aquella mujer, yo ya estaba seguro de que ella iba detrás de su dinero. Llevé
a mis padres a Sao Paulo para impedir la boda y con-
vencimos a Guilherme de que volviera con nosotros
a Río. Odiaba la idea de que mi hermano renunciara
a sus sueños por haber dejado a una mujer embarazada accidentalmente.

–Muy bien –dijo Laura–. Un hijo no te importa,
al menos no tanto como una carrera.

–Aquella noche llovía –prosiguió Gabriel–. Yo
conducía para que mis padres hicieran entrar en razón a mi hermano –soltó una amarga carcajada–.
Pero fue él quien los convenció de que tenía que volver y casarse con Izadora. «Da la vuelta», me dijeron.
Aparté la vista del camino un segundo para mirar por
el espejo retrovisor con la intención de discutir con
ellos –susurró–. Sólo un segundo.

Se detuvo con el rostro contraído por el dolor.

Laura lo miró y se sintió enferma.

–Pisé a fondo el freno, giré el volante con todas
mis fuerzas, pero los neumáticos siguieron deslizán-
dose hacia el acantilado. Oí gritar a mi madre cuando
el coche cayó. Murieron en el acto. Pero yo no –la
miró con expresión sombría–. Tuve suerte.

–¡Oh, Gabriel! –susurró ella. Trató de abrazarlo, de consolarlo. Pero él se apartó.

–Me equivoqué con respecto a Izadora. En el funeral de mi hermano, ni siquiera me miró. Me ofrecí a comprarle una casa y a invertir en un fondo para mi sobrina. Pero ella se negó con palabras airadas. Le había arrebatado a su marido, al padre de su hija, y me dijo que esperaba que me pudriera en el infierno.

Laura se estremeció.

–Al final se casó con un norteamericano y se trasladó a Miami. Mi sobrina ya es adulta –inspiró profundamente y Laura vio que tenía los ojos húmedos–. Tiene casi veinte años y no la he visto desde que era un bebé.

–¿Que no la has visto? ¡Pero es la hija de tu hermano!

–¿Cómo iba a verla? ¿Por qué iba a poder estar con ella cuando fue mi comportamiento irreflexivo el que hizo que perdiera a su padre y a sus abuelos? Ellos no pudieron verla crecer. ¿Por qué iba a hacerlo yo?

–Pero fue un accidente, Gabriel. Tratabas de ayudar a tu hermano. Todos cometemos errores con las personas a las que queremos. Tu hermano te hubiera perdonado. Tu familia te quería. Sabían que no pretendías...

–No quiero seguir hablando de esto. Querías saber por qué no quiero tener hijos. Ya te lo he explicado.

Ella cerró los ojos. Las lágrimas le corrían por las mejillas al abrirlos.

–Es demasiado tarde –susurró.

–¿Qué quieres decir? ¿Demasiado tarde? ¿A qué te refieres?

Ella alzó la barbilla.

–No he tenido otro amante, Gabriel. ¿Cómo iba a hacerlo si no he dejado de quererte? Siempre has sido tú, sólo tú.

Él la miró fijamente con el ceño fruncido.

–Eso es imposible. Robby...

–¿No lo entiendes? Robby es tu hijo.

El eco de sus palabras vibró entre ellos como una nube tóxica.

Gabriel dio unos pasos hacia atrás tambaleándose.

–¿Qué?

–Robby es tu...

–Ya te he oído –gritó él tapándose los oídos. Pero su mente no cesaba de repetirle esas palabras: «Robby es tu hijo»–. Te equivocas. Es imposible.

–No –dijo Laura con voz calmada–. ¿No te has dado cuenta de cuánto se te parece? ¿De que nació justo nueve meses después de la noche que pasamos juntos? ¿Cómo no te has dado cuenta? ¿Cómo no lo has visto?

Gabriel negó con la cabeza.

–Pero... no puede ser –farfulló–. Tuve cuidado y usé protección.

–Los preservativos fallan...

–Si se usan de modo incorrecto –murmuró él–. Yo no lo hice.

–Incluso así, en el tres por ciento de los casos...

–No –él extendió el brazo para impedir que siguiera hablando. No podía respirar y se aflojó la corbata–. No puedo ser el padre.

Laura tomó aire. Estaba muy hermosa con el vestido y el velo. Nunca le había parecido tan hermosa, tan inocente. Ni tan falsa.

–Sé que esto es un shock para ti. También lo fue para mí. Pero Robby no es un accidente ni un error.

–Entonces, ¿qué es?

Ella lo miró con los ojos brillantes.

–Un milagro.

En la mente de Gabriel aparecieron imágenes de la cara regordeta y sonriente de Robby, de su pelo oscuro y sus ojos oscuros e inquisitivos. Por supuesto que era su hijo. Gabriel comenzó a deambular por la habitación mientras se revolvía el pelo. ¿Cómo no se había dado cuenta?

Porque no había querido. Porque tener un hijo, después de haber matado a sus padres e impedido que su hermano criara a su niña, era algo que no podía permitirse.

–Destruí a mi familia –dijo en voz baja mientras miraba por la ventana sin ver–. No merezco tener otra.

Laura se acercó lentamente a él. Su hermoso rostro expresaba amor y ternura.

–Lo que sucedió esa noche fue un accidente. No fue culpa tuya. Pero te has enterrado en la tumba con ellos y no te has permitido ser feliz ni que te quieran. Te has estado castigando...

–No se trata de castigo, sino de justicia. Si no hubiera tratado de convencer a Guilherme de que no formara una familia, si no hubiese tratado de convencerle de que no se comprometiera, seguirían con vida. ¿Por qué iba yo a disfrutar de la vida que negué a mi hermano?

–Tu hermano no está y hace mucho tiempo que te

ha perdonado. Pero nosotros seguimos aquí y te ne-
cesitamos –lo miró con los ojos llenos de lágrimas–.
Por favor, Gabriel. Te quiero. Quiéreme.

Él apretó los dientes.

–No digas eso –replicó con dureza–. Me mentiste
y me has convertido en un mentiroso. Dije que nunca
me casaría. Y mírame –se miró el esmoquin con ra-
bia y se quitó la rosa que llevaba en el ojal–. ¡Mírame!

Ella se puso pálida bajo el velo y el brillo se es-
fumó de sus ojos.

–Lo siento. Por eso no te dije que estaba embarazada. Sabía que no era lo que querías, que te sentirías
atrapado por el deber hacia tu hijo. Pero no podía casarme contigo sin haberte dicho la verdad.

–Gracias –contestó él con frialdad mientras deam-
bulaba por la habitación. Se detuvo. Tenía el cuerpo
helado, tal vez por la daga de hielo con que ella lo
había apuñalado por la espalda–. Gracias por ser tan
honrada y digna de confianza.

Ella se estremeció. Tenía los ojos rojos y la cara
hinchada de llorar.

–Entiendo que quieras echarte atrás.

–¿Echarme atrás?

–Me refiero a la boda –susurró ella.

Gabriel observó cómo temblaba su cuerpo pequeño y curvilíneo bajo el vestido. Tuvo que obli-
garse a que no le importara. ¿Qué más le daban ya
los sentimientos de ella? La miró con desdén.

–Estoy más decidido que antes a casarme contigo.

Ella se pasó la lengua por los labios y él vio que
sus ojos se iluminaban con una leve esperanza.

–¿Porque quieres a Robby?

–Porque es mi deber.

Las lágrimas se deslizaron sin freno por las mejillas de Laura mientras se abrazaba a sí misma.

–¿Ni siquiera puedes intentar quererlo?

–El trato se mantiene en pie –dijo él con frialdad–. Me casaré contigo y me haré cargo de tu hijo.

–¡Nuestro hijo!

Ella se quedó mirándolo durante unos segundos. Al ir a hablar, sonó el teléfono móvil de él.

Gabriel lo sacó del bolsillo y se alejó de ella.

–Me temo que no voy a cumplir el trato, Santos.

Gabriel reconoció de inmediato la voz de Felipe Oliveira. Se quedó con la boca abierta de la sorpresa.

–¿Es una broma, Oliveira? ¿Un intento de subir el precio? Porque ya has firmado los papeles.

–Sólo los preliminares. Y Théo St. Raphaël me acaba de ofrecer tres millones más por Açoazul. Y lo mejor de todo es que me ha ofrecido viñedos para endulzar la oferta –se echó a reír–. Siempre he querido fabricar mi propio champán, y sus viñedos son legendarios.

–¡No puedes hacerme eso! –gritó Gabriel, furioso–. ¡Hemos firmado un contrato!

–Un contrato preliminar –apuntó Oliveira–. Tendré que pagarte una pequeña multa, un millón de dólares, por no cumplir lo pactado. Y St. Raphaël se ha ofrecido a hacerlo.

Gabriel lanzó una maldición.

–Pero ¿por qué? ¿Por qué me traicionas así, Oliveira, después de que te hayamos hecho descubrir la verdadera naturaleza de Adriana?

–Ahora que me he librado de ella, me he dado cuenta de que los negocios vuelven a interesarme. Lo siento, Santos –hizo una pausa y añadió en tono serio–: Lo siento, amigo. Pero sobrevivirás.

–Puedo marcharme dentro de una hora –afirmó Gabriel con desesperación–. Estaré en Río esta noche y hablaremos...

Pero Oliveira había colgado. Gabriel se quedó mirando el teléfono. La cabeza le daba vueltas por lo que había perdido en dos minutos.

Lo había perdido todo.

Se volvió hacia Laura, que lo contemplaba con los ojos muy abiertos.

–Acabemos de una vez con la boda –dijo mientras se dirigía a grandes zancadas a la puerta–. En cuanto haya terminado, nos iremos a Río.

La voz temblorosa de ella lo detuvo.

–No.

Él se volvió a mirarla desde el umbral con el ceño fruncido.

–¿No, qué? ¿Qué quieres decir?

Ella se aproximó con los ojos brillantes.

–Puedo aceptar que no me quieras. Me digo que mi amor bastará para los dos. Pero no aceptaré que no quieras a Robby. No puede ser sólo un deber para ti.

–Me acabo de enterar de que es mi hijo, tras un año de mentiras –respondió él–. ¿Qué quieres de mí? ¿Que te declare mi amor y caiga rendido a tus pies?

Ella esbozó una sonrisa temblorosa.

–Estaría muy bien.

Él, enfadado, negó con la cabeza.

–Acepta lo que te ofrezco. Y da gracias.

–¿Que dé gracias? –gritó ella. Se levantó la falda del vestido y se aproximó a grandes pasos hasta donde estaba él. Su hermoso rostro reflejaba indignación–. Llevo esperando cinco años a que me ames. Y llevo soñando contigo un año. Lo único que deseaba era que te casaras conmigo...

–Y lo haré –dijo él con impaciencia–. Vamos.

–Pero estaba equivocada. Lo que importa es el amor. Sin amor, este matrimonio sólo sería una mentira –negó fieramente con la cabeza–. Y no dejaré que Robby se conforme con eso. No consentiré que crezca preguntándose por qué su padre no lo quiere, por qué hay tanta tensión entre sus padres y si es culpa suya.

Gabriel la miró fijamente. De pronto pareció que un océano los separaba. Extendió la mano.

–Laura...

Ella le dio una palmada para alejarla.

–¡No!

Él la fulminó con la mirada.

–No tengo tiempo para esto.

–Pues vete.

Él contempló durante unos segundos la idea de llevársela a rastras. Pero ella estaba rodeada de granjeros, rancheros y vecinos con pistolas mientras que a él lo consideraban un desconocido que iba a llevársela a ella y a Robby.

Pero no era un desconocido, sino el padre de Robby.

Gabriel inspiró profundamente, abrumado por la emoción que lo invadía. No podía entregarse a ese sentimiento.

La tomó por la muñeca y comenzó a tirar de ella.

–Vamos a casarnos y después nos iremos a Río.

Ella se soltó.

–Yo no voy.

–Estás haciendo el ridículo. ¿No lo entiendes? Oliveira se ha echado atrás. Si no le hago cambiar de opinión, lo perderé todo.

–Comprendo –afirmó ella con suavidad–. Debes irte.

–No voy a marcharme del país sin ti y nuestro hijo.

–No voy a casarme contigo. Así, no.

–¡Eres una egoísta!

Laura tragó saliva. Tenía las mejillas arreboladas. Él se percató de que la había herido. Pero ella no iba a dejarse manipular tan fácilmente.

–Te dejaré ver a Robby cuando quieras. Nuestros abogados pueden redactar un acuerdo. Pero no me casaré contigo ni voy a abandonar a quienes nos quieren por alguien que no lo hace.

–¿Es un ultimátum? –preguntó él, incrédulo.

–Sí –ella esbozó una temblorosa sonrisa–. Me temo que así es.

Gabriel sintió un nudo en la garganta. No podía obligarla a casarse. No podía seducirla ni utilizar la fuerza para que lo hiciera. ¿Cuándo se había vuelto tan firme? ¿Cuándo se había vuelto tan fuerte?

–Laura –dijo con lentitud–, no puedo hacerlo. Ojalá pudiera hacer lo que me pides, pero no puedo. No puedo amarte.

El rostro de ella reflejó un inmenso dolor, pero alzó la barbilla y se quitó el velo. Tenía los ojos llenos de pena, pero también de determinación.

–Entonces, lo siento. Pero si no nos quieres, no nos tendrás.

Capítulo 15

GABRIEL tenía que darse prisa. Cada segundo que desperdiciaba con Laura era un grano de arena que caía en un reloj mortal. Tenía que marcharse inmediatamente.

Sin embargo, no podía.

Dejarla se asemejaba a morir. Se estremeció.

–Esto no se ha acabado –dijo con voz ronca–. Volveré después de cerrar el trato en Río.

–Desde luego. No voy a impedirte que veas a Robby. Y espero que lo veas a menudo, necesita a su padre.

Gabriel oyó que la música comenzaba a sonar en el piso inferior y pensó en los invitados, rodeados de rosas blancas y velas, que esperaban el comienzo de la ceremonia. Apretó los puños.

–Recuerda que ha sido decisión tuya. Yo quería casarme contigo.

Ella tragó saliva mientras las lágrimas le corrían por las mejillas.

–No lo olvidaré.

¡No, aquello no podía acabar así!

Con la respiración entrecortada, él la tomó en sus brazos y la besó con toda la pasión y la capacidad de persuasión que poseía. No quería dejarla marchar.

Fue ella le que se separó.

–Adiós.

Él contuvo la respiración, pero nada podía hacer.

–Volveré dentro de unos días.

Ella le sonrió débilmente.

–Robby se alegrará de que vengas a verlo.

Él salió de la habitación. Pasó al lado de la madre de Laura, que esperaba al pie de las escaleras. En el exterior, sintió el aire helado del invierno y subió a la limusina que lo esperaba. Experimentó un repentino dolor en el pecho al ver que alguien, tal vez un amigo de Laura, había escrito *Recién casados* con crema de afeitar en la ventanilla trasera y había atado latas al parachoques para que hicieran ruido al arrancar.

Cerró los puños mientras se recostaba pesadamente en el asiento de atrás. Carlos, que estaba enviando un SMS, se sobresaltó.

–¿Qué hace aquí tan pronto, señor? ¿Y dónde está la señora Laura?

–No viene. Y no es «señora».

–Pero ¿qué ha pasado?

Gabriel miró sombríamente por la ventanilla.

–Vámonos.

Laura se quedó al lado de la puerta hasta que los pasos de Gabriel se perdieron.

Se dejó caer en una silla y se tapó la cara con las manos. Había sido feliz al ir a casarse y al pensar que dejaría de ser madre soltera y que el escándalo de su situación llegaría a su fin. Pensó en su hijo, que estaba en el piso de abajo con una de sus primas, y sollozó.

Pero no había tenido otra elección que fuera honorable. Si hubiera aceptado una vida sin amor, ¿qué hubiera sido de su alma? ¿Qué lección hubiera aprendido su hijo?

Había hecho lo correcto. Entonces, ¿por qué se sentía tan mal?

Oyó que la puerta se abría y alzó la vista conteniendo el aliento.

Sus tres hermanas, vestidas de damas de honor, estaban en el umbral con su madre.

–¿Por qué se ha ido Gabriel hecho una furia? –preguntó Ruth con voz trémula. Entonces vio el rostro de su hija bañado en lágrimas–. ¡Cariño!

Unos instantes después, Laura lloraba abrazada a ella mientras Hattie, su hermana pequeña, se ofrecía a darle un puñetazo en la cara a Gabriel. Laura se rió, pero su risa se convirtió en sollozos. Se secó las lágrimas y las miró.

–¿Qué voy a hacer? –susurró.

–¿La boda se ha cancelado? ¿Es totalmente seguro? –preguntó su madre.

Laura asintió.

–Ha dicho que no me quiere y que nunca me querrá. Ni tampoco a Robby.

Su madre y sus hermanas la miraron suspirando.

–Muy bien. Voy a bajar a decir a la gente que se vaya a casa –dijo Ruth.

–Va a ser un escándalo –murmuró Laura. Miró los dibujos de la alfombra mientras se percataba de todo el horror de la situación–. Justo cuando todos los rumores se estaban acabando.

–Las bodas se cancelan constantemente –dijo Becky–. No tiene nada de escandaloso.

–En absoluto –corroboró Hattie rápidamente–. Carece por completo de interés.

–Es mucho menos interesante que cuando la vaca de la señora Higgins hizo que volcara la camioneta de la hamburguesería –añadió Margaret.

–Todo saldrá bien, cariño –afirmó su madre mientras le acariciaba el pelo–. Quédate aquí, que yo me ocupo de todo.

Era muy tentador, pero Laura negó con la cabeza mientras suspiraba profundamente.

–Entonces se lo diré a tu tío. Está esperando para llevarte al altar. Puede anunciarlo brevemente y...

–No –dijo Laura–. Yo he comenzado esto –susurró mientras se ponía de pie– y yo lo acabaré.

A varios kilómetros de allí, en el aeropuerto, en su jet, Gabriel estuvo a punto de asesinar a la azafata cuando le ofreció champán. Agarró la botella de whisky y comenzó a beber de ella directamente. Pero cuando se la separó de los labios, se dio cuenta de que el dolor que le oprimía el pecho había aumentado.

Era el corazón lo que le dolía.

–¿Está listo, señor? –le preguntó el piloto por el interfono.

–Sí –respondió él. Se recostó en el asiento, tomó otro trago de la botella y miró por la ventanilla.

Le parecía que allí se quedaba parte de él: su esposa y su hijo.

Robby. Su hijo. Seguía sin poder creérselo.

No quería marcharse.

«Tengo que hacerlo», se dijo, enfadado. «No me queda más remedio».

Recordó que sus padres los llevaban a su hermano y a él a visitar la fábrica de acero de Açoazul. Había sido una verdadera empresa familiar. Su padre era el presidente; su madre, la vicepresidenta. «Algún día, hijos míos, la empresa será vuestra», decía su padre. «Será vuestra herencia».

El avión se puso en marcha. Gabriel cerró los ojos y se tapó la cara con las manos. Recordaba la risa de su padre, la tierna sonrisa de los ojos de su madre. Oía a su hermano decir, a los veinte años: «No pretendía formar una familia tan pronto, pero ahora no puedo imaginarme sin ella. Soy feliz, Gabriel, de verdad».

Gabriel sintió una profunda pena. ¿Por qué no había creído a su hermano? ¿Por qué había tenido la certeza de que era él quien estaba en lo cierto y que su hermano se equivocaba?

«Robby no es un accidente ni un error».

De pronto vio el hermoso rostro de Laura con su vestido de novia blanco como la nieve.

«Entonces, ¿qué es?».

«Un milagro».

Gabriel parpadeó mientras el motor del avión ganaba velocidad. El año anterior, había dejado que Laura se fuera porque quería que encontrara a un hombre que la amara. Quería que fuera feliz. Y había montado en cólera al creer que ella había abandonado sus sueños por un hombre que no se la merecía.

Pero era a él a quien había amado todo ese tiempo. Y lo había hecho sin esperanza. Había cuidado sola al hijo de ambos. Había supuesto desde un principio que Robby y ella tendrían que salir adelante solos.

Él era el hombre que no se la merecía.

Había tratado de ofrecerle dinero y su apellido, pero no era lo que Laura quería. Quería su amor. Deseaba formar una familia.

Gabriel dejó la botella. Sentía frío y calor al mismo tiempo.

El jet se dirigió hacia la pista de despegue.

Se agarró con fuerza a los reposabrazos. Tenía que volver a Río o perdería la empresa familiar para siempre. Açoazul sería desmantelada y perdería el último vínculo que lo unía a su familia.

El jet comenzó a ganar velocidad en la pista y él contuvo la respiración.

Su familia.

Llevaba veinte años diciéndose que no necesitaba otra familia. Y, sin embargo, milagrosamente, la tenía.

Tenía una familia en aquel momento y había decidido abandonarla.

Se incorporó en el asiento. Comenzó a respirar con fuerza y muy deprisa. ¿Y el legado de sus padres?

De pronto le invadieron miles de recuerdos alegres de su hogar: las visitas a la fábrica de acero; los desfiles de Carnaval a hombros de su padre; las vacaciones en Bahía; la cena en familia todas las noches... Una vida de amor y ternura hasta que había cometido un terrible error.

«Tu hermano te perdonaría. Tu familia te quería». Volvió a oír la cálida voz de Laura.

El avión aceleró al máximo preparándose para despegar.

Y Gabriel se dio cuenta de que iba a cometer el mayor error de su vida. Y no sería un accidente como cuando, con diecinueve años, había perdido el control del coche en una carretera mojada. Sería la decisión cobarde y estúpida de un hombre adulto.

No había deseado tener otra familia.

Pero la tenía.

Gabriel vio el campo cubierto de nieve pasar a toda prisa por la ventanilla. El avión comenzó a elevarse y él se puso en pie de un salto y gritó:

—¡Pare!

Capítulo 16

LAURA vaciló ante las puertas cerradas de la biblioteca. Estaba aterrorizada.

Oía el ruido al otro lado, los murmullos y los susurros. La ceremonia tenía que haber empezado treinta minutos antes y era evidente que todos comenzaban a temerse lo peor.

Pero no había modo de evitarlo. Tenía que pasar por ello. Tomó aire y empujó las puertas.

La enorme biblioteca de dos pisos se había construido siguiendo el modelo de las antiguas abadías inglesas, con paredes de piedra gris. Estaba llena de rosas y velas, y se habían colocado dos filas de sillas para crear una nave.

Al ver a la novia, los músicos comenzaron a tocar a toda prisa. Laura los detuvo con un gesto.

Se produjo un silencio. Se hubiera oído el vuelo de una mosca cuando cientos de ojos se volvieron a mirarla.

Temblando, Laura se pasó la mano por los ojos. Después oyó llorar a su hijo. Fue deprisa a donde estaba su prima Sandy, que tenía a Robby en el regazo, y lo tomó en brazos. El niño llevaba un esmoquin como el de su padre, con una rosa en el ojal. Ella le sonrió con los ojos llenos de lágrimas y lo abrazó durante unos segundos.

Después se volvió hacia su familia y amigos.

–Gracias por venir –dijo. Después le falló la voz–. Pero me temo... me temo que...

–¿Qué? –preguntó su tía abuela Gertrude–. Habla más alto.

A Laura comenzaron a temblarle las piernas. ¿De verdad tenía que anunciar a sus parientes y amigos que el único hombre al que quería la acababa de abandonar al pie del altar? ¿Cómo se le había podido ocurrir que casarse con él era una buena idea?

–¿Se ha marchado? –preguntó una de sus primas–. ¿Te ha abandonado?

–No –gritó ella al tiempo que levantaba una mano.

Ni siquiera entonces soportaba que pensaran mal de Gabriel. Había sido sincero con ella desde el principio. Había sido ella la que había intentado cambiarlo, la que había creído que si lo quería lo suficiente, él la correspondería y la que había pensado que, si sabía que Robby era su hijo, cambiaría y querría al niño que no había deseado.

–No lo entendéis –susurró–. He sido yo la que le ha dicho que se fuera, la que lo he hecho marchar.

–Pero no has podido –dijo una voz ronca a sus espaldas–. Aunque lo has intentado.

Ella se volvió mientras ahogaba un grito.

Gabriel estaba en el umbral, muy elegante con el esmoquin. Y lo más increíble de todo era que le sonreía de oreja a oreja. Incluso sus ojos oscuros le transmitían amor.

–¿Qué haces aquí? –murmuró ella–. Creí que te habías ido.

Él comenzó a andar hacia ella.

–No podía marcharme sin decirte algo.

–¿El qué?

Él se detuvo a medio camino.

–Te quiero –dijo sencillamente.

Ella se tambaleó. Estaba soñando. Tenía que estar soñando.

Él la agarró antes de que se cayera.

–Te quiero –le susurró sonriendo al mirar al niño–. Y quiero a mi hijo.

Una exclamación ahogada brotó de los presentes.

–Sí –afirmó él en tono cortante–. Robby es hijo mío. Laura tuvo miedo de decírmelo. Tuvo miedo de que no estuviera a la altura del hombre y del padre que necesitaba –Gabriel la miró–. Pero lo estaré. Me pasaré lo que me queda de vida demostrándote que soy el hombre que te mereces.

Laura sollozó. Lo miró y le acarició la mejilla.

–¿Me quieres?

Él puso la mano sobre la de ella. Laura vio que había lágrimas en sus ojos.

–Sí.

–¿Y el asunto de Río?

–No me importa. Que se quede el francés con la empresa.

Ella negó con la cabeza desesperadamente.

–Pero llevas años tratando de recuperarla. Era lo único que deseabas y con lo que soñabas día y noche.

–Porque creía que era el legado de mi familia –le acarició la mejilla y sonrió–. Pero no lo era.

–¿No lo era?

–Mi familia me quería y yo a ella. Ningún accidente de coche podrá cambiarlo. Honraré su memoria toda la vida. Y los honraré viviendo como mejor pueda hasta el día de mi muerte –le agarró la mano con fuerza–. Y hoy voy a empezar lo que me queda de vida amándote.

–Te quiero –dijo ella con voz entrecortada–. Te quiero mucho –tragó saliva y negó con la cabeza–. Pero podemos casarnos más adelante. Tenemos que salir para Río ahora mismo. No quiero que pierdas la empresa, la herencia de tu familia...

–No la he perdido, sino que por fin la he encontrado. Lo que me ha legado mi familia es amor. El legado de mi familia –dijo mirándola con ojos brillantes– eres tú.

Era otoño en New Hampshire y caían las hojas de tonos rojizos, dorados y verdosos bajo el frío cielo azul cuando Gabriel y Laura volvieron de Nueva York.

Laura suspiró de placer cuando tomaron la curva y divisaron la antigua mansión Olmstead en la colina. Se había convertido en su hogar. El día después de la boda, Gabriel se la había regalado.

–Es demasiado grande –había protestado ella–. Nunca llenaremos todas las habitaciones.

Él le sonrió con picardía.

–Podemos intentarlo.

Y lo habían hecho, ciertamente. Habían hecho un trabajo excelente en ese sentido. Laura se sonrojó. Desde que se habían mudado a la casa en el mes de marzo, habían hecho el amor en las cuarenta habitaciones y también en los rincones secretos del gran jardín. Habían pasado muchas noches de verano a la orilla del lago que pertenecía a la finca bañándose, hablando y mirando las estrellas. Ella pensó que era un estanque grande para lo que sería una gran familia. Y sonrió. Un día enseñaría a sus hijos a nadar allí, como su padre le había enseñado.

Habían pasado en Nueva York sólo una noche, pero estaba contenta de volver a casa. No pensaba que fuera posible que un hombre se preocupara tanto por su esposa.

Cuando el coche se detuvo, ella intentó abrir la puerta, pero Gabriel le lanzó una mirada de reproche.

–Espera.

Laura se recostó en el asiento suspirando.

Él rodeó el vehículo y le abrió la puerta. Extendió el brazo y ella le dio la mano y sintió el mismo estremecimiento de amor y deseo que la primera vez que se habían tocado, cuando era su secretaria.

Después de ayudarla a bajar, Gabriel cerró la puerta. Seguía a Laura a todas partes ansiosamente, siempre preocupado por su seguridad y comodidad. Podía haber sido irritante si no fuera adorable.

–Puedo cerrar sola, para que lo sepas –dijo ella.

Él le acarició la mejilla.

–Tengo que compensarte por muchas cosas. Quiero cuidarte.

Ella observó los escalones que conducían a la puerta principal y enarcó las cejas con expresión malvada.

–¿Me subes en brazos?

Él la atrajo hacia sí.

–Por supuesto. Sobre todo porque el siguiente tramo de escaleras nos lleva a nuestra habitación –susurró. Y la besó.

Sus labios eran suaves y cálidos y Laura suspiró

de alegría. Mientras se abrazaban, se levantó un viento frío que esparció las hojas caídas. Pero Laura tenía calor.

–Eres como un horno –dijo Gabriel riéndose mientras se separaban–. Creo que el bebé está contento de volver a casa.

–Yo también –dijo ella sonriendo–. Sobre todo porque no tratarás de lanzarte delante de los camiones para protegerme al cruzar la calle.

–Cruzar la Quinta Avenida es una locura.

–Sí, con todos esos alocados turistas y conductores de limusinas –se burló ella.

Se dirigió hacia las escaleras. Estaba deseando ver a Robby después de haber estado separados por primera vez toda una noche, aunque le habían cuidado dos amorosas canguros: Ruth y Maria.

–Gracias por el viaje. Ha sido muy agradable.

–Sí –afirmó él sonriendo con malicia al recordar el tiempo pasado frente a la chimenea la noche anterior.

Ella le dio un codazo en las costillas.

–Me refiero a que hayamos visto a las chicas.

–Ya –Gabriel carraspeó–. Parece que tus hermanas se adaptan bien. Es la primera vez que las veo desde que comenzaron la universidad.

–No vas mucho a Nueva York últimamente –se burló ella.

–Tengo cosas mejores que hacer que trabajar, como hacer el amor a mi bella esposa –la agarró por las solapas del abrigo y volvió a besarla larga y apasionadamente.

Ella se separó.

–¡Eres insaciable!

–Ya lo sé –afirmó él sonriendo.

Ella sintió una oleada de calor. Después de casarse en un día tormentoso de principios de marzo, él le había hecho el amor sin protección por primera vez. La sensación fue tan novedosa para Gabriel, que se pasaron una semana entera en la cama. Laura pensó que, en cierto modo, ella había sido la primera para él, como él para ella. Y se había quedado embarazada durante la luna de miel.

Laura se puso la mano en el abultado vientre. El bebé, una niña, nacería en pocas semanas.

–Gracias por mudarnos aquí –susurró–. Estoy muy contenta de estar cerca de mi familia.

–Yo también. Y tengo que agradecértelo.

Tal vez fueran las hormonas del embarazo, pero Laura se emocionó al pensar en las tres chicas que vivían en la misma ciudad e iban a la universidad. Dos de ellas eran sus hermanas. Hattie iba a la Universidad de Columbia y Margaret a la de Nueva York.

Pero el mayor milagro era que Lola, la sobrina de Gabriel, también estaba en Nueva York y estudiaba en Barnard.

La primavera anterior, poco después de que Laura supiera que estaba embarazada, había buscado a Izadora, la madre de Lola, y las había invitado a pasar un fin de semana en New Hampshire. Para sorpresa de Gabriel, habían aceptado.

Al cabo de veinte años, Gabriel había hecho por fin las paces con Izadora y había conocido a su esposo norteamericano, que tenía un restaurante en Miami. Había abrazado a su joven sobrina por primera vez desde que era un bebé y había convencido a Izadora para que le dejara pagarle los estudios.

–Es lo que Guilherme hubiera querido –dijo en tono grave.

Visto así, ¿cómo se iba a negar Izadora? Lola estaba en la Universidad de Barnard estudiando Arte.

–Tenemos a toda la familia con nosotros –Laura se secó las lágrimas y se rió–. Y estás pagando la universidad de tres estudiantes. Es probable que Robby quiera estudiar Medicina. Y ahora esta pequeñita. ¿Estás seguro de que quieres más?

Gabriel le puso las manos en el vientre.

–Sólo unas semanas más –susurró. Y puso una rodilla en tierra y le besó impulsivamente la tripa.

–¡Gabriel! –exclamó ella riéndose mientras dirigía la vista hacia las ventanas de la casa.

Su esposo la miró con ojos brillantes de ternura y amor.

–Esta vez estaré contigo, cariño, en todo momento –dijo en voz baja.

–Lo sé –respondió ella con la voz ahogada por lágrimas de alegría. Tiró de él para que se levantara, le rodeó el cuello con los brazos y lo besó. Y mientras soplaba el viento frío y se llevaba las hojas secas, ella sólo sintió calor y amor en la pasión del abrazo.

Y Laura supo dos cosas.

En primer lugar, que la pasión entre ellos sería eterna.

Y en segundo lugar, que tenían una excelente ocasión para llenar las cuarenta habitaciones.

Bianca

Para salvaguardar el legado de los Acosta, debía poner en su dedo una alianza de oro

Con su identidad escondida tras una máscara, Allegra Valenti entró en el fabuloso baile veneciano decidida a crear recuerdos felices que la sostuvieran durante su inminente matrimonio de conveniencia. Pero un apasionado encuentro con un extraño enmascarado tendría consecuencias que darían al traste con su sumisa existencia.

El huraño duque español Cristian Acosta no podía creer que la enmascarada belleza con la que había perdido la cabeza por un momento fuese la hermana de su mejor amigo, la mimada heredera a la que despreciaba.

EL AMANTE DISFRAZADO

MAISEY YATES

Acepte 2 de nuestras mejores novelas de amor GRATIS

¡Y reciba un regalo sorpresa!

Oferta especial de tiempo limitado

Rellene el cupón y envíelo a

Harlequin Reader Service®
3010 Walden Ave.
P.O. Box 1867
Buffalo, N.Y. 14240-1867

¡Si! Por favor, envíenme 2 novelas de amor de Harlequin (1 Bianca® y 1 Deseo®) gratis, más el regalo sorpresa. Luego remítanme 4 novelas nuevas todos los meses, las cuales recibiré mucho antes de que aparezcan en librerías, y factúrenme al bajo precio de $3,24 cada una, más $0,25 por envío e impuesto de ventas, si corresponde*. Este es el precio total, y es un ahorro de casi el 20% sobre el precio de portada. ¡Una oferta excelente! Entiendo que el hecho de aceptar estos libros y el regalo no me obliga en forma alguna a la compra de libros adicionales. Y también que puedo devolver cualquier envío y cancelar en cualquier momento. Aún si decido no comprar ningún otro libro de Harlequin, los 2 libros gratis y el regalo sorpresa son míos para siempre.

416 LBN DU7N

Nombre y apellido	(Por favor, letra de molde)	
Dirección	Apartamento No.	
Ciudad	Estado	Zona postal

Esta oferta se limita a un pedido por hogar y no está disponible para los subscriptores actuales de Deseo® y Bianca®.
*Los términos y precios quedan sujetos a cambios sin aviso previo.
Impuestos de ventas aplican en N.Y.